KB265119

USA

사진으로 보는 미국

United States of America

촬칵, 역사의 현장에서 한 컷~!

1〉 **티피 Tipi, Tepee** 북미 원주민의 원뿔형 천막집. 대개 모피나 천으로 만들었는데 평지에 사는 인디언들만의 주거 형태다.

2〉 **인디언 유적 마을** 인디언들의 공동주택으로 콜로라도 스프링스 근교에 있다. 일부 인디언들은 절벽을 이룬 커다란 바위 안쪽을 깊게 파 흙벽돌과 돌로 집을 짓고 살았다.

3〉 **맥헨리 요새** 미영전쟁 당시 맥헨리 요새는 영국군의 집중 포격을 받았으나 그 와중에도 성조기는 힘차게 펄럭이고 있었다. 이 모습을 배에서 바라보던 프랜시스 스콧 키가 시를 써 내려갔는데 이 시에 곡을 붙인 것이 바로 미국의 국가다.

4〉 **인디언의 베이비 벨트** 인디언 부족 여인들이 아이를 업을 때 쓰던 벨트. 우리나라 포대기와 비교하면 색상이 상당히 화려하다. 국립 인디언 박물관 소장.

5〉 **인디언 장신구** 인디언 하면 제일 먼저 떠올리게 되는 추장의 장신구. 추장만 쓸 수 있었던 것은 아니라고 한다. 미국 3대 미술관 중 하나인 시카고 미술관에 전시되어 있다.

6〉 **위대한 흑인 밀랍 박물관 Great Blacks in Wax Museum** 현재 미국 사회에서 눈부신 활약을 하고 있는 흑인들의 밀랍인형들이 한데 모여 있다. 웃음 가득한 얼굴에서 완전한 평등을 실현시키려는 의지가 묻어난다.

7〉 **이민 박물관 Immigration Museum** 수많은 사람들이 아메리칸 드림을 안고 기회의 땅을 찾아왔다. 이민 온 사람들이 들고 왔던 짐짝들이 그대로 전시되어 있다.

8〉 **미국의 이민 역사를 한눈에** 이민 박물관 1층에서는 이민국 세관을 통과하기 위해 기다리고 있는 이민자들의 생생한 모습을 만날 수 있다. 이민 박물관은 실제로 이민자들이 입국 허가를 받기 위해 들렀던 장소다.

9〉 **아일랜드인을 기리는 조각상** 추위와 기근을 피해 미국으로 이주해 온 아일랜드 사람들을 기념하는 조각상. 배에서 막 내리려는 모습을 표현하고 있다. 미국은 다민족 국가답게 기회의 땅을 찾아온 다양한 사람들로 가득하다.

10〉 **미국 독립기념관 Independence Hall** 독립선언서가 채택되었던 독립기념관. 미국의 초창기 역사를 한눈에 볼 수 있는 인디펜던스 국립 역사 공원 안에 있으며 세계문화유산으로 지정되었다.

11〉 **미국 최초의 은행** 필라델피아의 인디펜던스 국립 역사 공원 안에 있다.

사진으로 알아보는 미국의 이모저모
우와! 여기가 뉴욕 도서관이야?

12〉 링컨 기념관 Lincoln Memorial 자유의 상징인 미국의 제16대 대통령 링컨을 기리는 곳. 흑인 노예 해방 선언과 남북전쟁의 승리, 게티즈버그 연설문으로 유명하며 지금도 미국에서 가장 사랑받는 대통령이다. 그리스 신전을 모티프로 지어졌으며 낮밤 없이 사람들로 가득하다. 맞은편에는 미국의 아버지라 불리는 조지 워싱턴 기념탑이 있다.

13〉 뉴욕 공공도서관 열람실 개인이 자금을 기부해서 뉴욕 공공도서관의 토대를 마련했다니, 미국의 기부 문화를 단적으로 볼 수 있다. 고서 보존을 위해 에어컨을 엄청 틀기 때문에 좋은 피서지가 되기도 한다고.

14〉 워싱턴 스퀘어 파크 Washington Square Park 뉴욕의 예술가 거리로도 유명한 그리니치 빌리지 중심에는 워싱턴 광장이 있다. 미국인들의 존경과 사랑을 한몸에 받고 있는 초대 대통령 워싱턴의 취임 100주년을 기념하여 뉴욕 시에서 건립했다. 양쪽 기둥에 있는 두 동상 모두 워싱턴인데 한쪽은 대통령 워싱턴, 또 한쪽은 장군 워싱턴의 모습이다.

15〉 뮤지컬의 메카, 브로드웨이 뉴욕의 브로드웨이에는 뮤지컬을 비롯한 쇼 관련 극장이 400개가 넘는다. 〈캣츠〉, 〈라이언 킹〉 등 유명한 뮤지컬들이 열리는 이곳은 명작들을 보기 위한 세계 관광객들의 발걸음으로 분주하다.

16〉 컨스티튜션 호 U.S.S. Constitution 현존하는 세계에서 가장 오래된 전함. 영국군과의 44차례 해전을 모두 승리로 이끈 전함이다. 미 해군의 역사는 물론, 미국 독립 운동사까지 한눈에 감상할 수 있는 역사적인 유물이다.

17〉 자유의 여신상 Statue of Liberty 미국의 상징 하면 뭐니뭐니해도 자유의 여신상. 미국 독립 100주년을 기념하여 프랑스에서 기증했다. 이제는 미국의 상징을 넘어 세계 자유의 상징으로 인식되고 있다.

18〉 **컬럼비아 대학교**Columbia University 미국 동부에 위치한 세계 최고의 대학 집단 아이비리그 소속의 대학이다. 캠퍼스 크기는 작지만 아름답다. 영화 〈스파이더맨〉에도 그 모습을 선보여 더욱 친숙하다.

19〉 **월트 디즈니 월드** 미국 플로리다 주 올란도에 있는 세계에서 가장 큰 테마 파크. 신데렐라 성, 모험의 나라, 개척의 나라, 환상의 나라, 미래의 나라 등의 흥미진진한 테마 랜드가 있다. 영화촌 디즈니-MGM 스튜디오에서는 영화촬영 장면을 직접 보거나 체험할 수 있다.

20〉 **하버드 대학교**Harvard University 아이비리그 8개 대학 중에서도 최고로 꼽히는 세계 제일의 대학교. 건물에서 고전적인 냄새가 물씬 풍겨 캠퍼스라기보다는 미국의 전통 마을 같은 느낌이다. 1636년부터 이어져 온 역사와 전통, 명예를 담은 듯하다.

21〉 **뉴욕의 야경** 엠파이어 스테이트 빌딩에서 바라본 뉴욕의 야경. 빽빽하게 치솟은 높은 빌딩들이 세계 제1의 미국 경제를 받쳐 주고 있다. 미국 금융의 중심지이자, 미국 문화의 요지인 뉴욕에서 패션, 극장, 텔레비전 방송, 음악의 여러 유행들이 생겨난다. 국제연합도 이곳에 있다.

22〉 **미국 자연사 박물관**American Museum of Natural History 세계 제일의 자연사 박물관. 지구의 과거를 한눈에 볼 수 있다. 입구에는 거대한 공룡 화석이 전시되어 있다.

23〉 **메트로폴리탄 박물관**Metropolitan Museum of Art 세계 3대 박물관 중 하나. 세계 제일의 나라답게 미국엔 세계에서 몇 손가락 안에 꼽히는 것들이 많다. 200만 점이 전시되고 있어 질적으로나 양적으로 세계 최고라 할 수 있다.

24〉 **메트로폴리탄 박물관 1층 홀** 입구에 들어서면 검색대에서 소지품을 검사한다. 멋진 내관과 크기를 짐작해 볼 수 있다.

25〉 **슈퍼 돔** 뉴올리언스에 있는 풋볼 경기장으로 세계에서 가장 유명한 스타디움 중 하나다. 비행접시 모양의 이 건물에선 음악회, 각종 쇼, 연극 공연 등 다양한 행사를 진행할 수 있어 뉴올리언스를 스포츠와 문화와 오락의 중심지로 끌어올렸다. 2006년 태풍 카트리나의 습격 때 많은 인명을 구해내기도 했다.

26〉 **추수감사절 Thanksgiving Day 퍼레이드** 종교의 자유를 찾아 미국으로 건너온 사람들이 생존과 첫 번째 추수에 감사해 벌인 잔치에서 유래한 추수감사절. 매해 11월 마지막 목요일이다. 메이시스 백화점에서 주최하는, 대형 풍선을 동원한 메이시스 퍼레이드는 대단한 볼거리로 벌써 80회가 넘었다.

27〉 **브라이언트 파크** Bryant Park 맨해튼 빌딩 숲 가운데 있는 뉴요커들의 쉼터. 양복 입은 회사원은 물론이요, 많은 젊은이들이 공원 내에 마련된 체스용 테이블에서 체스를 즐긴다.

28〉 **특이한 모양의 코카콜라 병** 세계 브랜드 1위의 코카콜라. 세계인들이 제일 먼저 알아보는 탄산음료 브랜드. 애틀랜타에 위치한 코카콜라 박물관에 가면 다양한 모양의 코카콜라 병도 구경할 수 있고, 코카콜라도 마음껏 먹을 수 있다.

29〉 **타임 스퀘어** Times Square 1903년 뉴욕타임스가 이곳에 사무실 빌딩을 세우면서 뉴욕 최고의 번화가인 타임 스퀘어가 탄생했다. 브로드웨이의 극장가, 거리의 공연예술로도 유명하며 세계 모든 나라의 음식들도 이곳에서 맛볼 수 있다. 수많은 볼거리, 할거리가 가득한 이곳에, 어! 우리나라 기업들의 광고판도 보인다.

30〉 **다민족 사회** 미국은 언어와 종교가 다른 여러 민족으로 구성된 이민 국가일 뿐 아니라 서로 다른 주 정부를 갖고 있는 연방국가이다. 뉴욕의 거리를 걷다 보면 너무나 다양한 모습의 사람들에 깜짝 놀랄 것이다. 서로 다르지만 함께 어울려 살 수 있는 건, 미국인이라는 자부심을 공유하고 있기 때문이다.

31〉 **홀로코스트 기념물** Holocaust Memorial 유대인의 학살을 추모하고자 보스턴 시청 앞에 마련한 공간. 유대인은 미국 전체 인구의 2%를 조금 넘는 정도지만 미국 사회의 확고한 일원으로서 언론계를 비롯해 교육계, 예술계, 재계 등에서 막강한 영향력을 행사하고 있다. 아인슈타인, 스티븐 스필버그 감독 등이 대표적인 유대인이다.

32〉 **월드 트레이드 센터** World Trade Center 2001년 9월 11일. 수천 명의 목숨을 앗아간 테러사건의 상처가 남아 있는 곳. 지금은 외부인의 출입을 금하는 철조망이 쳐져 있다. 떠나는 동료를 향해 거수경례하는 경찰관의 모습을 보니 절로 숙연해진다.

사진으로 알아보는 미국 속의 한국
미국과 한국은 어떻게 이어져 왔을까?

33〉한국 전쟁 참전 기념물 한국 전쟁 당시 미국은 약 13만 명의 인명 피해를 입었다. 전후 미국 내의 수많은 도시에서 그들의 희생을 기리기 위한 특별 장소를 조성했다. 이것은 보스턴 출신의 전사자들을 기념하기 위해 세워진 기념물이다.

34〉고 백남준 씨의 작품이 전시된 현대 미술관 Museum of Modern Art 피카소, 모네, 반 고흐 등 천재 화가들의 작품을 직접 감상할 수 있어 수많은 사람들의 발길이 끊이지 않는 현대 미술관. 고 백남준 씨의 비디오 아트 작품이 세계 유수의 작품들과 어깨를 나란히하며 함께 전시되어 있다.

35〉메이저리거, 서재응 박찬호, 서재응, 최희섭, 김병현, 김선우 선수 등등 미국 프로야구 무대인 메이저리그에서 활약했던 대한민국의 건아들은 멋진 경기를 통해 미국 속 한국인의 위상을 높였다. 앞으로도 많은 선수들이 메이저리그에 진출해 세계 최고의 기량을 과시할 것이다.

36〉뉴욕의 한인타운 한국인의 미국 이민은 1902년 약 100명이 하와이 사탕수수 농장의 인부로 간 때부터 시작되었고 1970년대 이후 폭발적으로 늘어났다. 미국에는 로스앤젤레스, 뉴욕, 시카고 등 대도시를 중심으로 약 160만 명의 교포들이 살고 있으며 근면하고, 교육 수준이 높아 짧은 시간 내에 미국에서 중산층으로 자리를 잡았다.

USA

노빈손의
두근두근 미국 횡단기

노빈손의 두근두근 미국 횡단기

초판 1쇄 펴냄 2007년 12월 26일
초판 11쇄 펴냄 2017년 7월 17일

지은이 한희정
일러스트 이우일
펴낸이 고영은 박미숙

편집이사 인영아 | 뜨인돌기획팀 이준회 박경수 김정우 이가현
뜨인돌어린이기획팀 조연진 임솜이 | 디자인실 김세라 이기회
마케팅팀 오상욱 여인영 | 경영지원팀 김은주 김동회
사진제공 권재현 김민회 성언영

펴낸곳 뜨인돌출판(주) | 출판등록 1994.10.11(제406-251002011000185호)
주소 10881 경기도 파주시 회동길 337-9
홈페이지 www.ddstone.com | 노빈손 www.nobinson.com
대표전화 02-337-5252 | 팩스 031-947-5868

ⓒ 2007, 한희정·이우일
'노빈손'은 뜨인돌출판(주)의 등록상표입니다.

ISBN 978-89-5807-220-1 03810
(CIP제어번호 : CIP2010002845)

어린이제품안전특별법에 의한 제품표시	
제조자명 뜨인돌 **제조국명** 대한민국 **사용연령** 8세 이상 어린이 청소년 제품	**전화번호** 02-337-5252 **주소** 경기도 파주시 회동길 337-9

노빈손의
두근두근 미국 횡단기

한희정 지음 | 이우일 일러스트

뜨인돌

나에게는 꿈이 있습니다.
언젠가는 조지아의 붉은 언덕 위에서 노예였던 사람들의 자녀들과
노예주인이었던 사람들의 자녀들이
형제로서 식탁에 함께 둘러앉는 날이 오리라는 꿈입니다.

마틴 루터 킹 목사
1963년 링컨기념관 앞에서 한 연설 'I have a dream' 중에서

다음은 어디로 가볼까나?

세계지도를 좌악 펼쳐 놓고 고민에 빠져 있던 빈손은 얼마 안 가 텔레비전 속 세계 민속의상 축제에 정신을 팔고 있었어. 전통이 살아 숨 쉬는 독특하고 특색 있는 의상을 입은 참가자들이 각국의 전통음악에 맞춰 당당하게 워킹을 선보이고 있었지. 어느새 과하다 싶게 몰입하면서 전통의상이랑 국가를 맞춰 보는 놀이를 하고 있었는데 말이야, 글쎄 청바지에 카우보이 모자를 쓰고 나온 사람이 있더라고. '전통의상을 뽐내는 자리에 청바지라니…. 이거 완전히 방송사고잖아. 말숙이처럼 덤벙거리다가 의상을 잃어버렸나 보네. 너무 성의 없어 보인다.' 그런데 웬걸 그게 아니었어. 사회자가 미국의 전통의상이라고 소개하더라고. '엥? 그걸 믿으라고? 커억, 가만 그러고 보니….'

'미국'이라는 나라가
참을 수 없이 궁금해졌어

그래, 맞는 말이지 뭐야. 이민의 나라라고 불릴 만큼 세계 여러 나라의 사람들이 모여서 살고 있는 미국을 대표하는 전통의상, 어쩌면 청바지가 가장 미국스러운 복장인지 몰라. 빈손은 뭔가 허를 찔린 기분이었어. 과연 우리는 미국에 대해 얼마나 알고 있는 걸까? 빈손은 갑자기 미국이라는 나라가 참을 수 없이 궁금해졌어.

누구나 잘 알고 있는 나라이면서 제대로 알고 있는 사람은 몇 안 되는 나라, 영어가 안 돼서 피하고 싶지만 절대로 피할 수 없는 나라, 세계여행을 하는 내내 저 멀리 빈손을 향해 손을 흔들던 바로 그 나라!

빈손은 세계지도 속에 큼지막하게 동그라미를 그려 넣었어.

"좋았어~. 다음은 미국, 미국으로 결정했어!"

짧은 역사라고 무시하다가는 큰코 다칠걸

미국이 1776년 7월 4일 독립선언서를 발표하고 북미주 대륙의 영국 식민지 13개를 '주'로 해서 미합중국이라는 이름으로 조촐하게 출발했을 때, 누가 이것이 세계에서 가장

영향력 있는 국가의 탄생이라고 예상이나 했겠냐고.

아메리카 대륙의 13개 식민지가 독자적인 국가를 건설하겠다는 발칙한 선언을 하고 뭉친 지 어언 7년, 드디어 미국은 독립을 인정받게 됐어. 그리고 그 초라한 시작이 무색하게 250년이 안 되는 짧은 시간 동안 정치, 경제, 사회, 문화예술 각 분야에서 무서운 속도로 놀라운 발전을 이루었고 세계 최고의 경제 대국으로 훌쩍 성장했지. 남북전쟁이라는 내전으로 단일국가의 모습을 완성하고 암흑 같던 경제공황을 극복한 미국은 크고 작은 시련을 통해서 더 탄탄하고 강인한 모습으로 거듭나 세계의 주목을 받고 있어. 워낙 막강한 힘을 지닌 미국인지라 부러움의 시선을 받는 동시에 두려움의 시선을 받는 대상이기도 하지만 말이야.

특히 미국은 우리나라의 역사 속에 자주 등장하는 나라 중 하나로 우리에게 더 가깝게 느껴지기도 하지? 친미니 반미니 하는 단어가 있다는 것도 그만큼 우리 생활 깊숙이 미국이 자리하고 있다는 얘기일 거야.

하지만 너무 가까워서일까. 미국에 대해 제대로 알고 있는 것들은 의외로 드물지 뭐야. 이번 기회에 빈손은 미국의 역사와 문화 속에 푹~ 빠져 보려고 하거든. 미국 제대로 보기, 그 시작을 빈손과 함께하는 건 어때? 언제나 그렇듯 상상불허, 예측사절! 빈손과 함께라면 뭐든 흥미진진하지 않겠어?

2007년 12월
한희정

등.장.인.물.

노빈손

노빈손, 드디어 미국에 상륙하다. 광활한 서부에 심부름센터를 운영하며 당당히 CEO로 우뚝 선 빈손. 뛰어난 새총 실력으로 서부의 악당을 제압, 명예 보안관에 등극하는가 하면 하얀 복면단에 납치된 남자를 구하기 위해 종횡무진 미국을 누빈다. 말도 많고 탈도 많은 빈손의 두근두근 아메리카 횡단열차, 지금 막 출발합니다. 뿌우 뿌우ㅡ.

서부의 악당, 쉬인

일단 눈만 마주쳤다 하면 먼저 시비부터 거는 거칠다 못해 까칠한 서부의 악당. 총을 뽑는 순발력과 사격술이 뛰어나 거침없이 승승장구하였으나 노빈손을 만나 땡볕에서 더위 먹고 새총 맞아 기절하고, 악당 명성에 제대로 주름이 간다.

와이키키 브라더스

백 미터 밖에서도 보이는 다크서클 부치, 떠든 사람 명단에서 빠진 적이 없는 떠벌이 잭, 가자미눈이라 그냥 봐도 훔쳐보는 것 같은 염탐꾼 윌, 부치의 친동생이자 제일 까칠한 쉬인, 이렇게 이루어진 서부 악당 4종 세트. 막내 쉬인이 누군가에게 당했다는 충격적인 소식을 접하고 세 형님은 우주 끝까지라도 쫓아가 복수할 것을 맹세하게 되는데….

허클 베리 굿

어린 나이에 가출, 있는 고생 없는 고생 사서 하다 보니 어떤 어려움 속에서도 베리 굿을 연발하며 밝게 지내는, 정말이지 너무나도 긍정적인 인물. 애칭은 허크. 웃는 것이 몸에 밴 탓에 자면서도 웃고 울면서도 웃고 화내면서도 웃고 한 가지 표정으로 일관, 분위기 파악 못 한다며 어딜 가나 곤란을 당한다.

모욕, 자기비하, 슬픔, 우울, 절망, 암흑, 비굴… 이 세상 온갖 칙칙한 것들과 형님 아우 하며 사이좋게 지내는 인물로 부당한 인종 차별에 익숙해져 있으나 싫은 내색 한번 안 해본 인물. 명령을 받는 것에 익숙해져 스스로 생각하는 일조차 부담스러워하던 중 철로에서 만난 색다르게 생긴 사람을 주인으로 모시면서 일생일대의 큰 변화를 경험한다.

용감무쌍한 인디언 마을의 원로 추장. 바람의 냄새를 좋아하고 동물과 이야기하며 나무의 노래를 들을 줄 아는 온화한 그를 무엇이 화산처럼 분노하게 만들었을까?
가냘프고 여려 보이지만 생활력 강한 인디언 노처녀. 화려한 사춘기 시절을 보냈지만 지금은 마음 잡고 아버지와 함께 부족을 위해 일하고 있는 돌아온 탕아. 호예— 이 한마디로 누구에게나 기운을 불어넣는, 살아 있는 자양강장제.

이름만큼이나 성질, 마음씨 할 것 없이 더티한 인물. '남의 불행은 곧 나의 기쁨, 남의 행복은 곧 나의 슬픔'을 신조로 삼기에 남이 잘되는 꼴을 두 눈 뜨고 못 본다. 과연 더티 해리는 옷이 하얗다고 속까지 하얘지는 건 아니라는 사실을 깨닫게 될까?

늠름한 외모와 호탕한 성격을 지닌 남부의 쾌활한 아가씨. 아침마다 드레스 끈을 꽉 조이는 것이 일이지만 좀처럼 허리는 줄어드는 법이 없다. 짐작하고 있는 대로 '너 나한테 반했구나'를 연발하며 노빈손의 가슴을 울렁거리게 만드는 인물.

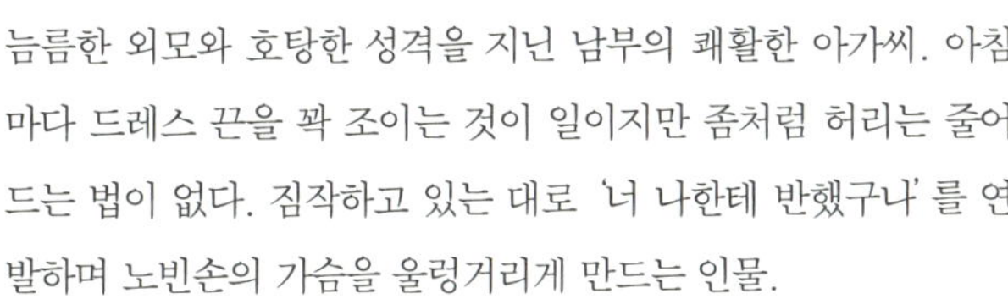

그 외 클린트 보안관…

차례

프롤로그

황야의 결투 〉23

클린트 보안관과 함께 떠나는 U.S.A. 여행 〉28

1부

노빈손, 명예 보안관에 임명되다 〉36

흰 복면을 한 사람들 〉40

휴지통에서 발견한 편지 〉44

서부의 악당 와이키키 브라더스 〉49

서부개척 시대 카우보이 생활백서 〉54

2부

아메리카 횡단열차의 입석표 〉60

잔인한 버펄로 사냥꾼들 〉65

재기를 꿈꾸는 삼인조 악당 〉71

위기일발 대열차 강도 사건 〉73

독점 공개! 아메리카 횡단열차의 모든 것을 말한다 〉91

3부

철로 위에서 만난 램프의 요정 〉96

모카신을 신은 여인, 포카 혼자스 〉103

내 슬픔을 등에 짊어지고 가는 자 〉113

타임머신! 아메리카 원주민의 역사 속으로 go go 〉124

4부

달려라 달려, 땅따먹기 경주 〉130

변호사 없는 일사천리 재판 〉140

어디서 많이 본 생명의 은인 〉144

춤추는 아나콘다 쇼쇼쇼 〉155

스칼렛 오하마, 전격 대선 출마 선언! 〉160

5부

아무도 살지 않는 유령마을 〉166

연소자 관람불가, 숯 팩 전신 마사지 사건 〉169

위기 탈출 전문가의 활약 〉173

VJ 출동! 다짜고짜 현장 인터뷰 〉183

6부

매번 실패한 사람의 위대함 〉190

다시 고개 드는 세력들 〉197

무한 도전, 하얀 복면단 본부 탈출기 〉199

나이아가라 폭포에서 번지점프를 〉203

긴가 민가, 미국 문화 역사 퀴즈 총집합 〉211

에필로그

세상에서 가장 사랑스러운 아기 〉217

미국 연표 〉221

프롤로그

황야의 결투

어디선가 불어오는 메마른 바람.

일순간 흙먼지가 뿌옇게 일어나며 시야를 가린다.

한참 동안 허공을 떠돌던 흙먼지가 잦아들고 다시 떠돌기를 수차례…. 황야는 버석거리는 붉은 흙을 덮어쓰고 누워 있다.

툭툭—.

먼지바람 속에서 미동도 하지 않던 남자가 참기 힘들다는 듯 뾰족한 신발 끝으로 땅을 찬다.

째깍째깍—.

어느덧 탑 위의 시계가 12시를 가리킨다.

불안한 표정으로 남자를 훔쳐보던 마을 사람들은 정오 결투의 희생자가 누가 될 것인지 조심스럽게 점치고 있지만 누구 하나가 죽어야만 끝나는 결투가 그리 달갑지 않은 눈치다.

기다리던 남자는 불가마 한증막 같은 더위로 한 떨기 맥반석 달걀처럼 익어 가고 있건만 상대는 아직도 나타나지 않고 있다.

"기다릴 만큼 기다렸다, 튀."

부전승으로 결투의 승리를 거머쥐고 스카프를 휘날리며 뒤돌아서려는 순간, 황야 저 끝에서 말을 탄 사내가 먼지를 일으키며 달려온다.

"잠까아아안!"

시계는 유일한 사치품
이 당시 시계는 남자들이 가질 수 있는 유일한 사치품으로 가난한 사람들은 대체로 대를 물려 가며 썼대. 카우보이나 노동자들은 시계를 잃어버리거나 망가뜨릴지도 모른다는 생각 때문에 방에 두고 다니다가 중요한 일이 있을 때에만 찼다고 해.

“이제야 나타나다니 제정신이 아닌 게로군.”

“저 시계 1시간 빨라요.”

“헉― 넌 누구냐? 오늘 결투하기로 한 인디아나만수는 어디 가고?”

“인디아나만수 씨가 정오는 너무 더워서 저녁쯤으로 결투 시간을 변경하자고 하시던데요. 정오의 결투보다는 석양의 결투가 더 멋있다나요?”

엥, 이 무슨 메마른 황야에다 김장독 묻는 소리란 말인가.

“뭐라고? 도대체 넌 뭐하는 놈이냐?”

남자가 추궁하자 사내는 푹 눌러쓴 카우보이 모자를 살짝 들었다.

“저요? 전 세계여행 중인 대한민국의 노빈손이랍니다. 이번에 서부에다 ‘잘나가는 심부름센터’를 열었거든요. 이제 CEO 노빈손이라고 불러 주시면 감사하겠습니다. 하하하. 자, 여기 따끈따끈한 명함! 언제고 부탁할 일이 있으면 망설이지 말고 찾아 주세요. 참 고객의 비밀은 절대 보장이라는 거! 유후~.”

남자는 얼떨결에 빈손이 윙크까지 해 보이며 건네준 명함을 받아들고 멍하니 바라보다가 뒤늦게 버럭 성질을 냈다.

“뭐라고? 인디아나만수 이 녀석이 서부의 총잡이 쉬인을 뭘로 보고 결투 시간을 맘대로 바꿔! 거기다 뭐 세계여행? 대한민국? 제정신 아닌 녀석을 결투에 대타로 내보내? 으아

이를 잡는 특효약
서부에서는 출처를 알 수 없는 민간요법으로 건강을 관리했어. 머리에 이가 들끓는 아이는 석유로 머리를 감아 주고 귓병을 앓는 아이는 뜨거운 오줌을 귓구멍에 흘려 넣었지. 햇빛에 붉어진 피부는 오줌 마사지를 해주고 홍역은 쥐를 구워 먹으면 낳는다고 생각했다니. 어우~ 너무했다.

아악— 짜증 나, 땀띠 나. 참을 수 없다. 너라도 총을 뽑아랏!
뜨거운 서부 사나이의 총알 세례를 받아라."

"하지만 전 심부름을 한 죄밖에…"

"시끄럽다. 오늘 선크림도 안 바르고 나왔는데 제대로 열
받았어. 총을 뽑든지 그냥 거기서 총알 세례를 받든지 둘 중
하나를 선택해라. 물론 결과적으로 둘 다 내 손에 죽겠지만,
움하하핫—. 어서 총을 뽑아!"

"아저씨, 우리 심부름센터 30퍼센트 할인쿠폰 드릴 테니까

진정 좀 하세요."

"겁이 나는 게로군. 하긴 겁도 나겠지. 서부 최고의 총잡이 쉬인한테 걸렸으니…."

노빈손이 아무리 설득해도 쉬인은 꿈쩍도 하지 않았다. 서부에 와서 심부름센터 차리고 첫 손님의 의뢰라 부푼 가슴을 안고 달려왔건만 일이 이렇게 꼬일 줄이야. 비즈니스의 길이 이렇게 어려울 줄 예전에는 미처 몰랐다. 빈손은 얼마 남지 않은 머리카락을 쥐어뜯으며 괴로워했다.

"등 대고 있다가 다섯 발자국 앞으로 간 다음 총을 뽑는 거다. 이거 손이 근질근질하구먼. 자 시작한다."

"너무 극단적이십니다! 제가 인디아나만수 씨를 잘 설득해서 내일 이 시간에 다시 나오시게 할게요, 네?"

"난 오늘 기분을 망쳐 놓은 너한테 결투를 신청하는 거다."

"아저씨!"

"왜?"

"이제 보니까 정말 미남이십니다."

"나도 알거든. 하나."

으, 아침에 거울도 안 보나. 노빈손은 한마디 해줄까 하다가 참았다. 어떻게든 이 불리한 결투를 막고 볼 일이니까.

"작전타임! 전 총도 없걸랑요."

"그거야 네 사정이지. 어서 뒤돌아서 걸어. 둘."

분노가 화산처럼 폭발한 쉬인은 막무가내였다. 마른침이

꼴깍 넘어갔다. 이제 다섯까지 세고 나면 요란한 총소리가 들려오겠지. 막상 서부영화 같은 상황을 맞닥뜨리자 다리가 후들거리고 손바닥에 땀이 흥건히 뱄다. 상대는 서부에서 소문난 총잡이에다 노빈손은 무기조차 가지고 있지 않고, 이건 불리해도 너무 불리한 결투였다.

심부름센터를 개업한 지 하루 만에 이렇게 문을 닫는구나. CEO의 꿈도 멀어져 가고…. 말숙아, 이걸 어쩌면 좋으냐.

"셋."

아니지, 이렇게 당하고 있을 수는 없지. 빈손은 눈이 튀어나올 만큼 필요 이상으로 부릅떴다. 정신 차리자, 정신!

노빈손의 메가톤급 잔머리가 웅웅웅 소리를 내며 뒤늦게 돌아가기 시작했다.

"무기도 없다고 하니까. 오늘은 특별히 다섯까지 다 세 주지. 전에는 뒤돌아서기만 하면 무조건 빵이었는데. 난 마음이 너무 여려서 탈이라니까. 흠흠, 넷."

'그게 있었는데…. 어디 있더라. 제발 너무 늦지 않기를.'

노빈손은 서둘러 주머니를 뒤적였다.

"넷 반에 반, 다섯! 잘 가라, 문어머리."

타앙— 타앙— 타앙—!

총부리에서 불꽃이 튀었다. 귀청을 흔드는 요란한 총소리가 서부 저 멀리까지 울려 퍼졌다.

서부 최고의
총잡이는 누구?
와이어트 어프(1848~
1929)야. 서부 개척자의
셋째 아들로 태어난 그
는 역마차의 호위대였
대. 하지만 악당들의 만
행이 날로 심해지자 보
다 못해 총을 잡고 OK
목장에서 대결투를 벌
였지 뭐야. 그 소식이
미국 전역에 퍼지면서
유명해지기 시작했어.
칠흑같이 검은 말을 타
고, 검은 코트에 챙이
넓은 검은 모자를 쓰고
다녔다고 해. 멋있었겠
지? 그의 얘기는 〈OK
목장의 결투〉라는 유명
한 서부극으로 영화화
되기도 했어.

U.S.A.야,
아메리카야?

Hi, 친구들~. 나는 클린트 보안관이야. 그렇게 빌고 또 빌었건만 노빈손을 내가 떠맡게 되었지 뭐야. 빈손이 온 후 난 하루도 맘이 편할 날이 없었어. 보는 사람을 무장해제시키는 특이한 외모에 4차원을 방불케 하는 정신세계, 거기다 훈훈한 성격 그리고 가끔이긴 하지만 비상하게 회전하는 머리…. 아참참! 내 정신 좀 봐. 속이 터져도 근무를 태만히 할 수는 없지! 미국에 대해 알고 싶다고 했지? 같이 한번 신나게 미국을 누벼 보자고. 대신 내가 얼마나 괜찮은 보안관인지 여기저기 소문 좀 팍팍 내주기다, 알았지?

각종 기후 완비, 웰컴 투 아메리카

미국, 정식 명칭은 아메리카 합중국(United States of America). 북아메리카 대륙의 캐나다와 멕시코 사이에 위치하고 있는 미국은 주 50개와 특별구 1개로 구성되어 있어. 특별구는 어느 주에도 속하지 않는 독립된 행정 구역으로 워싱턴 컬럼비아 특별구(Washington, District of Columbia), 약자로는 워싱턴 D.C.라고 해. 바로 미국의 수도 역할을 하고 있는 곳이지. 미국의 면적은 약 951만 제곱킬로미터, 유럽 면

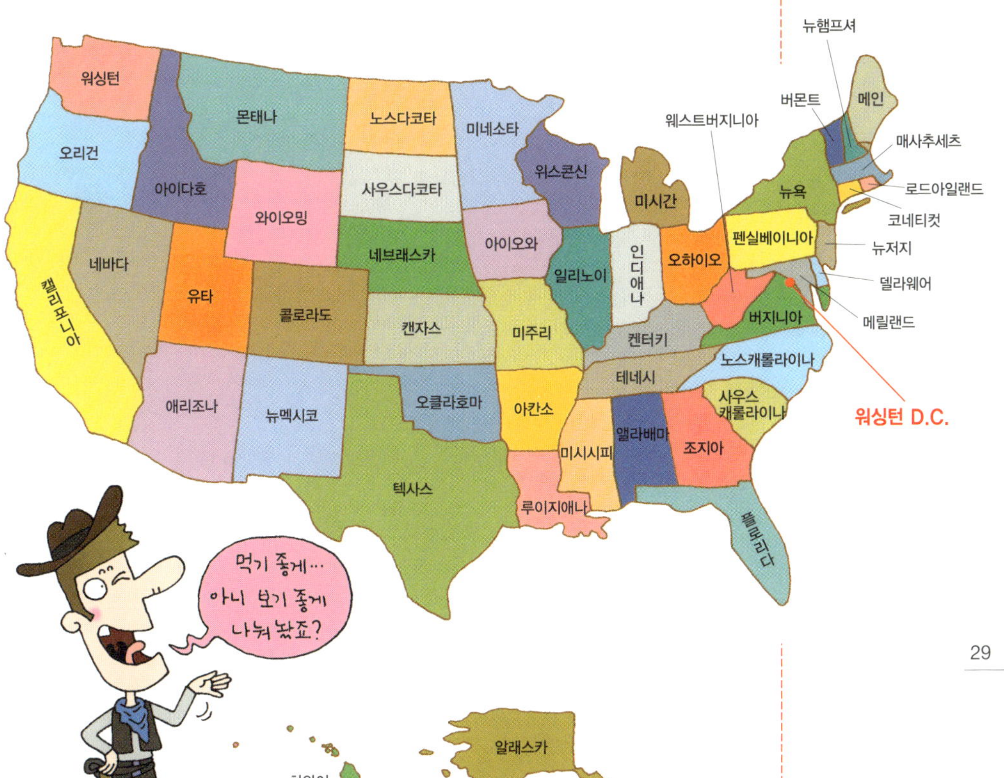

적의 75퍼센트, 한반도 면적의 42배 정도 되지. 실감이 안 난다고? 그럼 이건 어때? 넓은 땅덩어리 덕분에 남쪽과 북쪽의 온도차가 섭씨 24도나 되고, 북극에 가까운 알래스카 주부터 적도에 가까운 플로리다, 열대성 기후의 하와이까지 그야말로 지구에 있는 모든 기후와 지형을 골고루 다 가지고 있다 해도 과언이 아니야. 이제 실감이 팍팍 나지? 인구는 3억을 넘어섰고 국조는 용맹스런 흰머리독수리, 국기는 성조기 그리고 공용어로 영어가 쓰이고 있어.

인도인 줄 알았는데 아메리카라고?

1492년 8월 3일, 이탈리아인 콜럼버스는 에스파냐의 지원을 받아 탐험 길에 올랐어. 신대륙을 찾아 떠난 거냐고? 천만에! 콜럼버스가 찾고 있던 것은 신대륙이 아니라 중국과 인도 제도로 통하는 직항로였어. 당시 유럽에선 향신료, 비단, 금 등이 선풍적인 인기를 끌고 있었거든. 이것들을 베니스나 아랍 상인을 거치지 않고 직접 아시아에서 들여와 판다면 더 큰 돈을 벌 수 있을 것 같았어. 그래서 새로운 뱃길 찾기에 고심하고 있었거든. 포르투갈이 발 빠르게 움직이자 경쟁심을 느낀 에스파냐도 가만있을 수 없었던 거야. 이렇게 출발하게 된 콜럼버스는 두 달이 넘는 멀미 나는 항해 중 10월 12일 뚜둥~ 지금의 플로리다 반도 남동쪽에 있는 바하마 제도의 어느 섬에 도착하게 된 거야. 콜럼버스는 이곳

이 인도라고 죽을 때까지 철석같이 믿었지만 그 후 많은 탐험가들이 다녀가면서 인도가 아닌 아메리카라는 대륙의 이름이 지도상에 모습을 드러내게 된 거야.

알고 보면 따끈따끈한 나라, 미국

콜럼버스가 다녀간 후로 아메리카의 운명은 그야말로 180도로 확 바뀌었다니까. 유럽인들이 아메리카로 물밀듯이 밀어닥쳤고 원주민들은 썰물처럼 밀려나야 했어. 그리고 줄곧 유럽 강대국들의 식민지였던 미국은 1776년 7월 4일, 정식으로 독립을 선언하게 돼. 알고 보면 미국은 생긴 지 250년도 안 되는 따끈따끈한 나라라니까. 하지만 짧은 역사가 믿어지지 않을 정도로 정치, 경제, 문화, 예술 전반에 걸쳐 두루두루 세계 시장을 주름 잡고 있지.

국내총생산(G.D.P.) 1위, 총수입 1위, 해외투자 1위, 총소비 1위, 노벨상 수상자 배출 1위, 올림픽 메달리스트 배출 1위, 인터넷 사용자 수와 웹사이트 수 1위 등등. 이 화려한 성적표의 주인공인 미국은 각종 비공식 차트에서도 1위를 차지하며 막강한 군사력과 경제력을 바탕으로 지구촌에서 강력한 파워를 행사하고 있어.

하지만 행복은 성적 순이 아니라고 미국이 가지고 있는 문제도 만만치 않아. 범죄 발생 세계 최다에 상류층과 최하층 간의 심한 빈부 격차, 아직도 남아 있는 인종 간의 갈등, 만성적인 재정 적자, 미국인과 이민자들 사이의 충돌, 세계에 퍼지고 있는 반미 감정들 등이 바로 그것들이야.

이런 문제들을 인식하고 개선해 나가려는 사람들의 목소리

추수감사절 퍼레이드

집에서 만든 성탄절 쿠키

할로윈데이의 코스튬

가 높아지면서 오히려 이 위기를 통해 미국을 다시 돌아보고자 하는 이들도 늘고 있어. 위기는 기회의 또 다른 모습이라는 거 알지? 만약 미국이 이런 문제들을 극복하고 새롭게 거듭난다면, 와우~ 세계에서 가장 힘센 나라가 아니라 세계에서 가장 멋진 나라가 될지 누가 알겠어?

클린트 보안관과 함께 배우는 생생 영어

It is a pie in the sky.
파이　　　　하늘
그림의 떡.
▶ 영어에선 하늘의 구름이 파이로 보인다는 말이 있어.

It cost me an arm and a leg.
팔　　　　다리
그건 정말 비싸.
▶ 물건 하나 사는 데 팔 하나 다리 하나가 필요하다니?
우와~ 진짜 끔찍하게 비싸다.

What are friends for?
친구

친구 좋다는 게 뭐니?
▶ 친구한테 뭐 부탁할 때 써먹어 봐.

Let's break the ice.
얼음

분위기 썰렁한데 분위기 좀 바꿔 보자!
▶ 동서양 어디서나 썰렁한 건 환영 못 받는다고.

Speak of the devil.
악마

'호랑이도 제 말 하면 온다더니'쯤 되겠지.
▶ 여기선 악마로 쓰여. 어째 으스스한데.

BANG!
BANG!
1

노빈손, 명예 보안관에 임명되다

"애기 들었어? 정오의 결투 애기 말이야."

"자네도 들었나? 그 무시무시한 쉬인을 한방에 보내 버렸다며. 그래서 명예 보안관에 임명됐대."

"손동작이 얼마나 빠른지, 쉬인이 꼼짝없이 당했다잖아. 순식간에 새총인가 뭔가를 쏴서 쉬인 머리에 주먹만한 혹을 만들어놨대. 자네도 알잖아, 쉬인한테 그 많은 현상금을 걸었어도 소용없었다는 거. 쉬인이랑 결투하느라 서부 사나이 반이 죽어 나갔다는 말도 있어. 그동안 서부를 피로 십자수 놓은 쉬인을 피 한 방울 안 흘리고, 그것도 새총으로 잡다니. 캬, 정말 대단하지 뭐야."

"왜 총을 쏘지 않았냐고 물으니까 '폭력은 폭력을 부를 뿐, 전 평화를 사랑하는 사람입니다' 그랬다는 거야."

"쉬인 녀석 잡혀 가면서도 가만두지 않겠다며 악다구니를 쳤대. 으— 무시무시해. 쉬인 성질로 봐선 그 보안관도 무사하진 못할걸."

"그럼 그 보안관은 가만있을라고. 아무튼 생긴 것도 낙지인가, 쭈꾸미인가를 닮았다니까 예사 사람이 아닌 건 분명할 거야."

마을 사람들은 정오의 결투 애기로 온통 이야기꽃을 피우고 있었다. 어디를 가나 그 애기뿐이었다. 소문이라는 게 늘

그러하듯 부풀고 또 부풀어서 명예 보안관이 외계에서 온 우주인이라는 둥 세계 정복을 꿈꾸는 사람이라는 둥 황당한 무협만화영화 시나리오처럼 변해 가고 있었다.

남들은 쉬인을 한방에 때려눕힌 사람이라고 열을 올리지만 그런 사람과 함께 있어 봐야 골치 아픈 일만 생긴다는 걸 클린트는 경험으로 잘 알고 있었다. 모르긴 몰라도 틀림없이 잘난 척하길 좋아하며 앞뒤 모르고 날뛰는 사람일 테지.

"누군지 몰라도 그 사람이랑 일하게 될 사람 정말 불쌍하다. 쯧쯧."

그때 문이 벌컥 열리고 낯선 사내가 등장했다.

"짜잔— 기다려라, 서부의 악당들아! 내가 왔도다. 우하하핫!"

"누… 구신지?"

"하하, 안녕하세요? 이번에 명예 보안관으로 임명받은 노빈손이라고 합니다. 이 배지, 보이시죠?"

빈손이 쭈욱 내민 가슴에선 얼마나 닦고 닦았는지 반질반질해진 배지가 빛나고 있었다.

클린트는 어찌나 놀랐던지 먹던 커피가 코로 들어가는 것도 몰랐다.

'커어억— 신이시여! 저를 버리시나이깝쇼?'

클린트는 노빈손의 목소리를 듣자마자 자신의 평화로운 생활이 십리만큼 후다닥 멀어져 가는 느낌이 팍팍 들었다.

"험험, 조용히 등장하면 어디 덧나냐? 네가 그 명예 보안
관? 소문이랑 똑같이 생겼군."

쭈꾸미와 문어를 닮았다는 소문을 떠올리며 한 말인지도
모르고 노빈손은 금세 함박웃음을 지어 보였다.

"제가 잘생겼다는 소문이 벌써 여기까지 돌았나 봐요. 이
거 쑥스러워서…. 하하! 서부영화를 보면서 보안관 해보는
게 꿈이었는데 세계여행 중에 이렇게 꿈을 이루게 될 줄 누
가 알았겠어요. 어젠 잠도 설쳤다니까요. 보안관님이 제 사
수시군요. 잘 부탁드립니다. 충성! 악당들아 기다려라! 대한
민국의 노빈손이 나가신다!"

노빈손은 흥분을 감출 수가 없었다. 얼떨결에 악당을 잡아

달게 된 배지이지만, 막상 달고 보니 어깨가 으쓱으쓱, 뭔가 가슴속에서 꿈틀거리는 것이 세상의 모든 악의 무리들을 무찔러야 할 것 같은 기분이 마구마구 솟구쳤다.

"세계여행? 대한민국? 아유, 머리 아파. 도통 뭔 소린지."

"악당들을 물리치러 언제 출동하나요?"

"지금이 몇 신데 악당을 물리쳐? 그리고 보안관이 무슨 로봇 태권브이냐, 출동은 무슨. 이래서 신참들은 골치 아프다니까. 업무 시간 지났으니까 짐 풀고 잠이나 자."

"옙, 그럼 취침 실시!"

노빈손은 손을 척척 올리며 걸어 들어와 절도 있는 동작으로 짐을 풀고 자리에 누웠다. 그러곤 먼 여정이 피곤했는지 누운 지 5초도 안 되어 코를 드르렁 드르렁 골기 시작했다.

"이거, 이거, 골치 아프게 됐군."

클린트는 잠든 빈손의 얼굴을 내려다보다 더 어이가 없어졌다. 이곳에 온 지 3분 만에 적응하고, 3년을 근무한 자신보다 더 편한 자세로 저렇게 천연덕스럽게 잠을 자다니….

클린트는 자리에 누웠지만 왠지 앞날이 걱정돼 잠이 오지 않았다. 아니 정확히 말하자면 빈손의 코고는 소리에 잠을 이루지 못했다.

"아 옛날이여―."

영국인의 첫 거주지
제임스타운

제임스타운은 1607년 버지니아에 세워진 첫 번째 식민지야. 제임스타운에 도착한 이주민들은 가뭄과 질병으로 큰 어려움을 겪었지만, 아메리카 원주민에게 담배 재배법을 배워 영국에 수출하면서 많은 돈을 벌어들였어. 제임스타운의 성공으로 많은 사람들이 몰려들어서 남부가 만들어지게 된 거야.

흰 복면을 한 사람들

"저… 실례합니다. 여기가 잘나가는 심부름센터인가요?"

문이 열리고 조심스럽게 한 여인이 들어섰다.

거의 뜬눈으로 밤을 새운 바람에 아침부터 꾸벅꾸벅 졸고 있던 클린트는 인기척이 들리자 눈도 못 뜨고 웅얼거렸다.

"후룩— 음냐, 여긴 심부름센터 아니거든요."

"밖에 '잘나가는 심부름센터' 라고 간판이 걸려 있던데…."

그때 밖에 나가 있던 빈손이 사무실 안으로 들어왔다.

"앗, 손님이닷. 어서 옵쇼. 잘나가는 심부름센터입니다."

"야, 무슨 소리야. 심부름센터라니? 밖에 간판은 또 뭐고?"

"모르셨구나. 제가 잘나가는 심부름센터 CEO 아니겠습니까. 그래서 간판을 따악 걸어 놨죠. 요즘 같은 시대에 투잡은 필수인 거 아시죠? 이게 바로 비즈니스 마인드~."

클린트는 너무 어이가 없어서 입이 떡 벌어졌다. 황당해서 말이 나오다가 목구멍으로 쏙 들어가 버렸다. 온 지 3분 만에 적응하더니 하룻밤 자고 나서는 투잡 타령에 심부름센터 간판까지!

"몸도 무거우신데 어서 이리로 앉으시죠."

노빈손은 클린트가 앉아 있던 의자를 빼앗다시피해서 여인을 앉히고 시원한 물도 한 컵 떠다 주었다.

만삭의 여인은 더운 날씨에 힘들었는지 이마에 땀이 송글

잃어버린 식민지 1

1580년 영국의 월터 롤리 경은 엘리자베스 1세 여왕을 설득해 북아메리카에 몇 개의 식민지를 건설하기로 했어. 롤리 경은 사람들을 이끌고 지금의 노스캐롤라이나 아우터뱅스 근처의 한 섬에 도착해 식민지를 세웠어. 엘리자베스 여왕은 결혼을 하지 않아 처녀(virgin) 여왕이라는 별명을 가지고 있었는데 여기서 힌트를 얻어 버지니아라는 이름을 붙였어.

송글 맺혀 있었다.

"고맙습니다."

"고맙긴요. 저는 지하철이나 버스 안에서 노약자와 임산부를 보면 바로바로 자리를 양보한답니다."

맞는 말이었다. 자리 양보 안 하고 자는 척했다가 말숙이한테 비오는 날 먼지 나도록 맞은 다음부터는 노인분들이나 임산부만 나타나면 거의 자동으로 일어났다.

여인은 그런 빈손을 보며 경계를 푸는 듯 희미한 미소를 지어 보였다. 물을 한 모금 마시고 침착하게 입을 열었다.

"의뢰할 것이 있어서 찾아왔습니다. 남편을 찾아 주세요."

"부부싸움 하셨구나! 그럼 저보다는 부부클리닉을 찾아가 보시는 게…."

"그런 게 아니구요."

"아 예─. 그럼 계속하시죠."

노빈손은 어디서 구했는지 셜록 홈즈의 파이프 비슷한 것을 입에다 물고 짐짓 심각하게 메모를 하기 시작했고 여인은 차분하게 말을 이어갔다.

"남편이 사라진 건 열흘 전쯤이에요. 스미스는 그날도 잠깐 여행을 다녀오겠다고 하면서 동부로 가는 아메리카 횡단 열차를 탔어요. 그날따라 떠나는 그 사람을 왜 그렇게 잡고 싶던지…. 하루 정도 걸릴 거라면서 되도록 빨리 돌아오겠다던 남편은 이틀이 지나고 삼 일이 지나도 돌아오지 않았어

잃어버린 식민지2
버지니아에서 두 개의 이주민 집단이 식민지 건설을 시도하지만 1587년에 와서야 세 번째 집단이 정착에 성공하게 돼. 그런데 더 많은 식량과 여러 가지 물건을 가지러 갔던 사람들이 영국에서 돌아왔을 때 그들은 깜짝 놀랐어. 정착지에 단 한 명의 사람도 남아 있지 않았거든. 도대체 이곳에서 무슨 일이 있었던 걸까? 아직도 추측만 무성한데, 영국 사람들은 이곳을 '잃어버린 식민지'라고 불렀어.

요. 워낙 여행을 좋아해서 가끔씩 짧은 여행을 다녀오곤 하던 사람이라 좀 늦나 보다 했는데 삼사 일이 지나도 돌아오지 않는 거예요. 시간이 갈수록 뭔가 잘못됐다는 느낌이 들고….”

“거참 오즈의 마법사 도로시도 아니고 어쩜 그리 감쪽같이 사라질 수가 있담? 여행 떠나기 전 다른 얘긴 없으셨어요?”

“남편은 전부터 협박을 당하고 있었어요.”

“협박이라면 혹시 사채 이자라도 쓰셨어요? 대출은 계획적으로 하셨어야죠.”

“그런 게 아니구요.”

“아 예—. 그럼 계속하시죠.”

여인은 손가방에서 뭔가를 꺼냈다. 흰 복면이었다.

노빈손은 눈만 뻥 뚫린 흰 고깔모자를 이리저리 보다가 뒤집어쓰고 클린트를 바라보았다.

“깜짝이야. 당장 벗어, 이 녀석아! 어휴, 넌 이런 거 안 써도 충분히 깜짝깜짝 놀라게 생겼거든.”

클린트가 노빈손에게서 흰 고깔모자를 강제로 벗기다시피 했다.

“이건 혹시 하얀 복면단의 복면?”

“하얀 복면단이요? 그게 뭔데요?”

노빈손은 눈을 반짝이며 클린트의 대답을 기다렸다.

“음 나도 말로만 들었지 실제로 본 적은 없는데, 과격한 백

최대의 휴일,
추수감사절
종교의 자유를 찾아 미국으로 건너온 사람들은 영국 청교도들이었어. 1620년 메이플라워호를 타고 오늘날의 매사추세츠 주 플리머스에 도착했어. 한겨울에 도착했기에 혹독한 추위와 기근으로 이듬해 봄에는 겨우 절반가량만 살아남았지. 인디언들 덕에 옥수수를 심고 생존하는 법을 알게 되어 그 이듬해에는 큰 수확을 거뒀어. 추수감사절은 1621년 생존과 첫 번째 추수에 감사해 3일간 벌인 잔치에서 유래한 휴일이야.

인들의 모임이야."

"아줌마들의 계모임 같은 건가 봐요. 곗날 이 복면을 쓰고 만나나 보죠? 그럼 혹시 남편 분이 곗돈을 떼어먹고…."

클린트가 혀를 끌끌 차며 노빈손을 한심스럽게 바라봤다.

"하얀 복면단은 백인이 최고라는 생각에 사로잡혀 흰색 옷과 흰색 두건을 쓰고 위협적인 자세로 흑인들을 괴롭히는, 비뚤어진 백인들의 모임이지."

"헉, 그런 사람들이 실제로 존재한다구요? 말도 안 돼."

노빈손은 손사래를 치며 믿을 수 없다는 표정을 지었다.

"그냥 존재하는 정도가 아니었지. 요즘에는 많이 축소됐지만 전에는 납치에 방화까지, 거칠기 짝이 없었다니까. 또다

시 활동을 시작했나? 가만! 그럼 댁의 남편이 혹시 흑인?"

대답 대신 여자가 고개를 끄덕였고 클린트의 입은 함지박만하게 벌어졌다.

"커어억. 아무리 세상이 달라졌다지만…."

휴지통에서 발견한 편지

"맞아요. 그이가 저랑 피부색이 다르다는 이유로 결혼을 반대한 사람이 정말 많았죠. 하지만 그는 흑인이기 이전에 사랑하는 사람이었기에 전 조금의 망설임도 없이 결혼을 선택했어요. 남편은 흑인들의 현실을 알리는 신문기자이자 인권운동가였어요. 그 사람은 내가 아는, 가장 용감하고 멋진 사람이에요. 사람들 시선 때문에 사랑하는 사람을 떠나 보내고 후회하고 싶진 않았어요. 하지만 결혼을 하고 세상이 얼마나 만만치 않은지 알게 됐죠. 남편은 저와 결혼한 후로 하얀 복면단에 줄곧 협박을 당하고 있었으니까요."

누군가 한밤중에 이유 없이 돌을 던져 유리창을 깨뜨리기도 했고 별별 저주가 적힌 낙서로 벽이 온통 도배되던 날도 부지기수라고 했다.

"말도 안 돼. 사랑에는 국경도 없다는데 그깟 피부색이 무슨 대수라고?"

"맞아, 그래야 하는데 아직 정신 못 차리는 사람들이 있다니까. 노빈손, 생각보다 앞선 사고를 하고 있구나?"

인류가 생긴 이래 피부색이나 출생이 다르다는 이유로 얼마나 많은 사람들이 고통 받았던가. 차별을 반대하는 사람이 많지만 아직까지 이곳도 인종 차별에선 자유롭지 못하다고 클린트가 말했다.

"여행을 좋아하는 남편은 간혹 이삼 일씩 짧은 여행을 다녀오기도 했는데 여행을 가기 전이나 후엔 놈들의 협박이 더 심해졌어요. 꼭 여행을 못 가게 심통을 부리는 것 같다고 할까? 이번에도 그랬던 것 같아요. 남편은 어떻게 된 걸까요? 납치라도 된 걸까요? 지금이라도 문을 열고 들어와 나를 안아 줄 것 같은데, 우리 아기 많이 놀랐냐고 금방이라도 배를 쓰다듬어 줄 것 같은데…"

여인의 아름다운 얼굴에 눈물이 흘러내렸다. 그녀의 얘기를 듣고 있던 노빈손과 클린트의 눈도 빨갛게 충혈되었다.

"혹시 그날 저녁 남편 분이 뭔가 이상한 행동을 했다거나 그런 것 없었나요? 아주 사소한 거라도 괜찮아요."

여인은 이번에도 가방에서 뭔가를 꺼내 펼쳐 보였다.

"서재에 있던 쓰레기통에서 찾은 거예요. 처음엔 누가 장난 친 거겠지 했는데 혹시 도움이 될까 해서 가져왔어요."

노빈손은 여인의 손에 들려 있던 종이를 건네받았다. 그녀가 정성스럽게 이어 붙인 듯한 종이에는 신문이나 잡지에서

프렌치 인디언 전쟁 2
프랑스는 프렌치 인디언 전쟁의 패배로 북아메리카 대부분의 권리를 잃었어. 영국은 뉴올리언스를 제외한 캐나다와 미시시피 강 동쪽의 프랑스 영토를 얻었고 스페인은 미시시피 강 서쪽의 프랑스 영토와 뉴올리언스를 차지했어. 영국은 전쟁 비용을 부담하기 위해 이주민들에게 과중한 세금을 부과했고 이때부터 이주민들의 불만이 쌓여 가기 시작했어.

한자 한자 오려붙여 만든 의미심장한 문장들이 나열되어 있었다.

미국의 독립전쟁이 차 때문에 일어났다고? 동인도회사가 파산 위기에 몰리자 영국의회는 중간 상인을 거치지 않고 식민지(미국) 소비자에게 바로 차를 팔 수 있게 했는데 이것에 반대한 보스턴의 급진파들이 1773년 12월 16일 보스턴 항구에 정박 중이던 동인도회사의 배에 올라가 차 상자를 바닷속에 던졌어. '보스턴 차 사건'이라고 불리는 이 사건은 미국 독립전쟁의 도화선이 되었어.

"벼랑 끝? 녹색 탁자? 무슨 소리인지는 모르겠지만 이거 협박 편지 아니야?"

클린트는 편지의 내용을 이해할 수 없었지만 납치범이 보낸 편지라는 걸 직감했다.

노빈손은 몇 번이나 메모를 반복해서 읽었다.

"맞아요. 글씨를 오려붙여서 보낸 걸 보면 자신을 드러내기 꺼려하는 누군가가 보낸 전형적인 협박 편지가 틀림없어요. 뭔가 수상한 냄새가 나요. 벼랑 끝, 녹색 탁자, 숨 쉬는 방이라. 이 암호를 푼다면 아저씨가 어디로 갔는지 찾을 수 있을 텐데…."

노빈손의 말에 여인은 손을 모았다.

"오~ 신이시여, 제가 찾을 수만 있다면 당장이라도 달려 가겠지만 보시다시피 몸이…. 부탁합니다. 그는 이렇게 내 곁을 떠날 사람이 아니에요. 그에게 무슨 일이 일어난 게 틀림없어요. 흑흑, 그이를 찾아 주세요. 우리 아기가 태어나는 그때 엄마, 아빠 모두가 얼마나 기다리고 있었는지 얘기할 수 있도록 해주세요. 제발 부탁합니다."

노빈손은 마음이 저려 왔다. 평화로운 가정의 가장을 아무이유 없이 잡아가다니, 있을 수도 이해할 수도 없는 일이었다. 빈손의 가슴에 정의감이 활활 타올랐다.

"아줌마, 걱정 마세요. 우리가 남편 분을 꼭 모셔다 드릴게요."

"야야야, 너 정신 있는 거야, 없는 거야? 혹시라도 하얀 복면단이 연루되어 있으면 어쩌려고? 백인이 아니니 빈손이 너도 위험할걸. 하긴 넌 머리숱도 없고 허여멀겋게 생겨서 뭐랄까 지구인 이전에 우주인에 가까워 보이긴 한다만. 잠깐! 그리고 '우리'라니, '우리'라니! 무슨 말을 그렇게 무시무시하게 하냐? 난 아무 관계도 없잖아."

"에잇, 후배의 일이 곧 선배의 일. 게다가 하얀 복면단 놈들처럼 악랄한 놈들을 잡으면 유명해지실 텐데…. 보안관 역사에 한 획을 긋게 될 거라구요! 두고두고 후배 보안관들이 우러러보는 최고의 보안관…."

대견해하실 부모님의 얼굴이 아른거렸다. 낙하산으로 발령받은 겁쟁이라고 놀리던 사람들이 어떤 표정을 지을지 클

미국 최대의 국경일은 7월 4일

영국은 식민지의 기세를 꺾어야겠다고 생각해서 군대를 동원했지만 도리어 완패하고 말았어. 영국인으로서 권리를 찾으려 했던 식민지 사람들은 슬슬 독립의 꿈을 키우게 되었고 결국 토머스 제퍼슨, 벤저민 프랭클린, 로버트 리빙스턴, 로저 셔먼, 존 애덤스가 작성한 결의문인 독립선언서가 1776년 7월 4일 의회에서 만장일치로 채택되었어. 독립선언서가 채택된 7월 4일은 미국 최대의 국경일이야. 미국은 1783년에 영국으로부터 완전히 독립했어.

린트는 생각만 해도 기분이 좋아졌다.

"최고의 보안관이라… 아, 너무 달콤한 유혹이고나."

"선배님은 유명해지고, 난 '잘나가는 심부름센터' 홍보해 미국 전역에 체인점을 쫘악 내고. 누이 좋고 매부 좋고, 영어로 음… 도랑 치고 굿, 가재 잡고 베리 굿. 노빈손 파인~, 클린트 선배님 땡큐, 앤듀?"

"앤듀 좋아하고 있네. 노땡큐거든. 뭐, 유명해지면 좋긴 하겠지만…."

"에이~ 거기다 돈까지 받고 하는 일인데…."

돈까지 받는다는 말에 클린트는 못 이기는 척하며 빈손이 내민 손을 덥석 잡고 아래 위로 흔들었다.

"흠흠, 내가 꼭 유명해지고 싶어서 그런 건 아니고…. 아무튼 아주머니 사정이 너무 딱하니까 우리가 도와 드려야겠지? 그럼 보수는 얼마나…?"

"보수는 넉넉하게 드릴게요."

여인은 지갑에서 꼬깃꼬깃한 돈 뭉치와 동전을 탈탈 털어 책상 위에 올려놓았다.

"에? 이게 뭐야. 어림없죠. 이런 푼돈 가지고 어떻게 사람을 찾아… 웁."

노빈손은 얼른 클린트의 입을 틀어막았다.

돈마다 얼룩과 때가 잔뜩 묻어 있고 꼬깃꼬깃 접혀진 걸로 보아 어렵사리 모은 돈을 동전조차 안 남기고 다 긁어 온 것이 분명했다. 빈손은 차마 그 돈이 적다고 말할 수 없었다. 아마도 이 여인이 마련할 수 있는 돈의 전부이리라.

"돈이 너무 적은가요?"

"아뇨, 이 정도면 충분한걸요."

"충분하긴 뭐가 충분해! 이 돈이면 아메리카 횡단열차 짐 칸에도 못 탄다고."

"나중에 돈 때문에 그랬다는 둥 유명해지고 싶어 그랬다는 둥 그런 기사가 나면 되겠습니까?"

"그건… 그렇지만."

"보안관님이 사건을 맡으시겠답니다."

"정말요? 고맙습니다, 고맙습니다."

여인은 무거운 배를 하고 뛰어오를 듯 기뻐하며 두 사람을 끌어안았다.

피부색이 다르다는 이유로 사람을 납치하고 괴롭히고 아 직 태어나지도 않은 아이에게서 아빠를 빼앗아 가고, 거기다 이렇게 아름다운 여인을 울리는 나쁜 녀석들. 기다려라! 노 빈손이 나가신닷!

서부의 악당 와이키키 브라더스

"올 때가 됐는데…."

프랑스도
한수 배웠다고
영국과 늘 라이벌 관계에 있던 프랑스는 미국의 독립전쟁에 막대한 지원을 해줬어. 하지만 그 때문에 막대한 재정 부담을 안게 되고 결국 시민 대혁명으로 연결되고 말았지. 미국 독립의 성공은 프랑스를 비롯한 여러 나라에게 자유와 평등의 나라는 실현가능한 꿈이라는 것을 보여준 셈이야.

이제 막 도착한 따끈따끈한 통신판매 카탈로그를 보며 모자를 고르던 부치는 망원경을 보고 있는 잭을 불렀다.

"아직 안 보이냐?"

막내가 돌아오는 시간이 늦자 부치는 걱정이 앞섰다. 한 번도 이렇게 늦은 적이 없었는데….

망을 보는 떠벌이 잭이 잠잠한 걸 보니 아직 쉬인의 모습이 보이지 않는 듯했다.

"이상합니다요, 형님. 올 때가 지났는데요, 형님. 뭔가 안 좋은 일이 생긴 건 아닐까요, 형님?"

"또 또 또, 입 함부로 놀린다. 우리 막내가 누구냐? 서부에서 총 솜씨를 당할 자가 없는데 일은 무슨 일! 일이 생기면 상대 녀석한테 생기겠지. 쿠하하하."

"그건 그렇습니다요, 형님. 질 만하면 먼저 총을 쏘는 게 쉬인 특기니까요. 어쩜 그렇게 형제가 쌍으로 비겁하십니까? 부럽습니다요, 형님. 비결이 뭡니까요, 형님."

"다 타고나야 하느니라. 쿠하하."

떠벌이 잭의 아부에 기분 좋아진 부치는 호탕한 웃음을 터뜨렸다.

"큰일 났습니다. 큰일 나버렸습니다, 형님."

쉬인과 함께 나갔던 염탐꾼 월이 급하게 들어오다 몇 번을 넘어지고 나서야 부치 앞에 섰다.

"가뜩이나 부실한 애가 천천히 좀 다녀라. 그러다 다리 부러지겠다. 무슨 일인데 그래?"

"쉬인이… 헉헉… 쉬인이… 당했습니다."

부치는 자신의 귀를 의심했다.

"뭐라고? 누가 당해? 인디아나만수가 당했다는 얘기지?"

월은 급하게 뛰어오느라 가쁜 숨을 몰아쉬며 쉬인이 결투
에서 패했다는 소식을 전했다.

"아뇨, 쉬인이 헉헉 결투를 하는데 심부름센터… 헉헉…
문어머리가 대신… 헉헉… 빵 했는데 억 하고 쓰러져서… 헉
헉… 쉬인 머리… 헉헉."

"그러니까 우리 귀염둥이 쉬인이 인디아나만수가 대신 보
낸 심부름센터의 문어머리 녀석이랑 결투를 했는데 새총을
맞고 쓰러졌다고?"

"놀랍습니다, 형님. 어쩜 그렇게 쩍 하면 딱이십니까?"

"알아듣고 나도 놀랐다. 어서 더 자세히 얘기해 봐."

월은 자신이 본 결투 장면을 부치에게 전했다.

어디선가 쭈꾸미인지 문어인지를 닮은 녀석이 나타나 쉬
인과 결투를 벌였는데 엄청나게 빠른 손놀림으로 새총인가
뭔가를 쏴서 쉬인을 그대로 쓰러뜨렸다는 얘기였다.

"그래서? 그래서? 그 다음엔 어떻게 됐는데?"

"그러니까 쉬인이 쓰러지는 걸 보고 전 너무 놀라서 그대
로 도망쳐 왔습니다."

"그럼 쉬인은?"

통신판매 카탈로그는 그
야말로 대 인기였어. 농
부들에게 신뢰를 주고
물건을 싸게 공급한 그
의 사업은 날로 번창했
어. 소비자가 받아 볼 우
편물에 신경을 쓰고 소
비자들이 궁금해하는 건
직접 답장을 해서 고객
들을 만족시켰어. 소비
자의 마음을 읽는 일은
시대를 초월해 사업 성
공의 지름길이라니까.

“머리를 맞은 것 같던데 아마도… 죽지 않았겠습니까, 형님?”

“죽…어? 아이고—.”

하늘이 두 쪽 나는 것 같았다.

믿을 수가 없었다. 정말이지 믿어지지 않았다. 눈앞이 흐려졌다.

“이럴 수가! 이럴 수가! 아이고, 쉬인아! 너 없이 이 어리바리한 것들을 데리고 어떻게 악당 짓을 하냐. 막내가 일 좀 해서 이제 가세가 일어나나 했더니….”

부치에게 막내 쉬인은 눈에 넣어도 아프지 않은 그런 동생이었다. 나가는 결투마다 승리를 거머쥐고 돌아오는 덕분에

부치 일당도 유명세를 타고 있었다. 쉬인은 그의 자랑이자 팀의 마스코트 같은 그런 존재였다. 그런데 그런 막내가 심부름 센터 직원에게 당했다는 것이 아직 믿어지지 않는 부치였다.

그러나 슬픔도 잠시, 참을 수 없는 분노가 부치를 휘감았다.

"쉬인을 건드린 건 나에 대한 도전이자 우리 조직에 대한 도전이다. 쭈꾸미와 문어를 합쳐 놓은 것 같은 녀석이었다고? 어디 두고 보자! 어쨌거나 우리 금쪽 같은 쉬인을 건드리고도 무사할 줄 알았단 말이지."

부치는 거칠고 두툼한 손을 힘껏 움켜쥐고 우두둑 소리를 냈다.

"막내야, 너의 원수는 우리가 갚아 줄 테니 저승에서라도 편히 쉬어라. 문어머리 각오해라! 언젠가 내 꼭 우리 귀염둥이 막내둥이 재롱둥이 쉬인의 원수를 갚아 주고 말리라!"

으드득 앙다문 이 사이로 성냥개비가 뚝 하고 부러졌다.

멋있어 보인다고? 쉬이트~ 모르는 소리 마셔!

남들은 나를 서부에서 제일가는 악당이다, 피도 눈물도 없는 총잡이다, 이러쿵저러쿵 말이 많지만 말이야, 너무 그러지들 마셔. 나라고 태어날 때부터 악당이고 싶었겠냐고. 내게도 꿈이 있었다고.

그게 언제였더라. 어린 시절 꿈이었던 카우보이로 취직하고, 첫 월급 받아서 엄마 아빠 빨간 내복 사드릴 생각에 밤새 잠 못 이룬 적도 있었지.

그런데, 왜 그만뒀냐고? 쉬이트~ 카우보이 일이 그렇게 고된 줄 누가 알았겠어. 아침부터 저녁, 아니지 밤까지 일해도 끝이 없는 거야. 거기다 철조망이 생겨나면서 정리해고까지 당하고. 카우보이가 꿈이라고? 햄버거 싸들고 다니면서 말리고 싶다.

몇 년 만에 방청소를 하다가 카우보이 시절에 쓴 일기장을 찾았는데 말이야, 너희들한테만 살짝 공개하도록 하지.

이걸 보면 카우보이 하고 싶다는 말이 쏙~ 들어갈걸.

1845년 3월 24일 날씨 : 알아서 뭐하게

출근 첫 날. 8명의 카우보이가 한 조를 이루어 삼천 마리의 소 떼를 돌보는데 소들 옆에서
멋지게 달리고 싶었지만 신입사원이라 누구나 싫어하는 소 떼의 뒷부분으로 배정받았다.
이눔의 먼지구름과 소똥! 콜록콜록. 목욕을 했는데도 아직 똥파리가 떠나질 않는다.
오후 나절 깜빡 졸다가 소 한 마리를 잃어버렸다.
주인은 "그 소가 어떤 소인 줄 알아? 텍사스 롱혼이야, 롱혼! 텍사스에서 들여온 소가
100년 가까이 지나면서 몸집이 크고 힘세며 날카로운 뿔을 가진 소로 계량된 거라고.
이 귀한 소를 잃어버리다니 제정신이야! 차라리 너를 잃어버리지 그랬냐~!" 무이씨~
한참 잔소리를 퍼붓고 사라졌다. 진정한 카우보이가 되는 길이 이다지도 험난하단 말이냐.

1847년 5월 14일 날씨 : 알려고 하지 마시오

오늘은 왠지 소 떼들이 외로워하는 것 같아서 노래를 불러 줬다. 카우보이는 가끔 소 떼를
달래기 위해 하모니카나 휘파람, 노래를 불러야 하는 예체능계 직업인 것이다.
목청을 가다듬고 멋지게 노래를 불러 줬는데 눈을 뜨고 나니 소가 사라진 것이 아닌가.
소들이 내 노래에 놀라 날뛰면서 달아났다고 한다.
쉬이트~ 이눔의 소 떼들은 예술을 몰라도 너무 몰라.

1848년 4월 6일 날씨 : 기억 안 남

길 잃은 소가 없는지 소 떼 주변을 돌면서 말을 몰고 뒤처지는 소가 없도록 보살피느라고
하루 종일 말을 탔더니 엉덩이가 쓰나미가 쓰다듬고 간 것처럼 쓰라리다.
탐스런 엉덩이는 내 매력 포인트인데 주인 잘못 만나 고생이다.
가축을 동부까지 실어 나르기 위해선 철도가 있는 곳까지 이동해야만 하는데
거리가 멀어 소몰이가 3개월 이상 계속될 것 같다.
쉬이트~ 이러다가 안장이랑 엉덩이가 한 몸이 되는 거 아냐?

1850년 6월 1일 날씨 : 기상청에 문의 바람

천둥소리에 놀란 소들을 진정시키다가 말에서 떨어졌더니 갈비뼈가 욱신거린다.
모자를 흔들고 공포탄을 발사하고 돌이 든 깡통을 흔들고서야
소 떼가 달아나는 걸 겨우 막을 수 있었다.
카우보이 중 한 명은 말이 넘어져 땅바닥에 내동댕이쳐졌고 소 떼한테 밟혀 중상을 입었다.
쉬이트~ 아픈 건 질색, 이 일을 계속해야 하나 말아야 하나 진짜 고민된다.

이제 카우보이가 얼마나 거친 직업인지 알겠지? 현실은 영화랑 딴판이라니까. 오죽하면 카우보이 별명이 '먼지 먹는 사람들'이겠어. 이렇게 고된 일을 하는 카우보이는 서부개척 시대에 개척정신의 상징이기도 했지만 역사 속에서 실제로 활동한 기간은 쉬이트~ 불과 20여 년밖에 안 돼. 왜냐고? 1860년대 악마의 끈이라고 불린 철조망이 발명되고 기차선로가 목장까지 연장되면서 카우보이들은 다른 일자리를 알아보거나 로데오로 업종 변경을 해야 했어. 안 빨아서 꼬리꼬리한 냄새가 나긴 하지만 당시에 최고 유행했던 내 옷들을 꺼내 봤어. 어때, 스타일 제대로지?

모자 ▶ 햇빛, 우박, 비를 막아 주고 아주 가끔 바가지 역할도 함.
머리 안 감은 날의 필수품. 진정한 카우보이라면 밥 먹거나 춤출 때도 모자를 벗지 말 것.

손수건 ▶ 항상 목에 두르고 다님. 무엇을 묶거나 서로 신호를 주고 받을 때 사용.
없으면 엄마 머플러라도 준비 바람.

가죽장갑 ▶ 밧줄을 감거나 당길 때 사용. 없으면 손바닥이 홀랑 벗겨질 수 있으니 주의.

청바지 ▶ 내구성이 우수하고 두꺼운 것으로 준비해야 함.
한 번만 그어도 성냥불을 쉽게 켤 수 있음.

챕스 ▶ 엉덩이 부분이 없는 두꺼운 덧바지. 덤불 사이를 달릴 때 다리 긁힘 방지.
취향에 맞게 화려한 수술 장식, 가죽 장식 등으로 뽐낼 것.

안장 ▶ 하루 종일 말에 붙어 사는 카우보이에게 안장은 가구가 아니라 과학임.

등자 ▶ 안장 위에 얹는 장비로 말에 오를 때나 타고 있을 때
카우보이의 발을 받쳐 주는 역할을 함.

올가미 ▶ 소를 제압할 때 사용. 고리를 만들 수 있도록 매듭을 묶어 놓을 것.
마음에 드는 이성에게 사용하다 뼈도 못 추릴 수 있음.

부츠 ▶ 등자에 발을 잘 고정시키기 위해 굽은 높고 비스듬하게 깎은 것을 고를 것.
키 작은 사람은 키높이 깔창 사용 권장.

박차 ▶ 말에게 자극을 주어 속력을 높이는 데 쓰임.
돈이 남아도는 사람은 은으로 된 박차를 달기도 함.

총 ▶ 위험한 일들이 도사리고 있는 장거리 여행의 필수품.
침낭에서조차 꼭 끌어안고 잘 것.

BANG!
BANG!
2

아메리카 횡단열차의 입석표

아메리카 횡단열차의 플랫폼은 많은 사람들로 북적이고 있었다. 금을 찾아 떠나는 사람들과 여행자들 그리고 어린아이와 화물들로 열차 안은 북새통을 이루고 있었다.

벌써 자리를 펴고 누운 사람들이 있는 침대칸을 지나 노빈손과 클린트는 밖이 잘 보이는 창 쪽으로 자리를 잡고 앉았다.

"자리 좋다. 열차가 출발하면 전망도 좋겠는걸요."

"재주도 좋다, 그 적은 돈으로 열차 티켓을 어떻게 구한 거냐?"

"급한 일이 생겨 여행을 못 가게 됐다는 아줌마한테 표를 싸게 샀죠. 타악 보시더니 꼭 저한테 팔겠다고 하시는 거예요. 이 글로벌한 외모는 어딜 가나 알아준다니까요."

노빈손은 가방에서 뭔가를 주섬주섬 꺼냈다.

"그건 뭐냐?"

"기차 여행에 빠져서는 안 되는 필수품! 삶은 계란이요."

빈손은 미리 준비해 온 삶은 계란을 이마에 따악 부딪쳐 깨서 껍질을 벗긴 후 통째로 입 안에 넣었다. 클린트는 양 볼이 터질 듯 불룩해져 입을 우물거리는 노빈손을 신기한 듯 쳐다보았다.

"그건 또 언제 준비했냐? 아무튼 놀라운 준비성이다."

노빈손은 목이 막히는지 주먹으로 가슴을 치며 물을 마시고 우물거리다 또 다른 계란의 껍질을 까서 입에 넣기에 바빴다.

"아우, 닭똥 냄새~."

"아니 맛있게 먹고 있는데 닭똥 냄새라니 도대체 누구야?"

빈손이 주변을 둘러보니 열차 기둥을 잡고 있는 여인의 뒷모습이 보였다. 누군가 땀을 흘리며 있는 힘을 다해 뒷모습을 보이고 있는 여인의 드레스 허리끈을 잡아당겼지만 풍만한 허리 사이즈는 전혀 줄어들지 않았다.

'어디서 많이 보던 뒷모습인데….'

"이 정도면 개미가 친구 하자고 하겠지? 날 쳐다보는 눈길이 느껴져."

고개를 돌린 여인의 모습을 본 순간 노빈손은 삶은 계란이 턱 목에 걸렸다.

"너, 나한테 반했구나."

남부 여인처럼 드레스에 화려한 모자를 쓰고 있지만 빈손만큼이나 특이한 그녀의 얼굴은 숨길 수가 없었다. 이쯤 되면 항상 등장해 주는 말숙이였다.

"안녕! 난 스칼렛 오하마라고 해."

켁켁켁―.

계란이 목에 걸려 기침을 해대자 스칼렛 오하마가 다가와 노빈손의 등짝을 철썩 후려쳤다. 덕분에 목에 걸린 삶은 계

『바람과 함께 사라지다』 미국 남북전쟁을 배경으로 한 마가렛 미첼의 장편소설이야. 1936년 발표된 이후 1년 만에 150만 부가 팔렸으며 이듬해 퓰리처상을 받았어. 당차 남부의 아가씨 스칼렛 오하라가 남북전쟁으로 몰락한 집안을 일으키며 씩씩하게 살아가는 모습을 그린 작품으로, 당대 최고의 배우인 비비안 리와 클라크 게이블 주연으로 영화화되어 더욱 유명해졌지. '내일은 내일의 태양이 떠오를 테니…'라는 명대사를 남겼어.

란이 툭 하고 튀어나왔다.

"수줍어하는 모습이 귀엽다. 나를 기다리고 있는 걸 보니 혹시 내 뒤를 따라온 거니? 보는 눈은 있어 가지고."

노빈손은 고개와 두 손을 쌍으로 내저었다.

"절대 아냐, 그런 거. 내 자리를 찾아 앉은 것뿐이라고."

"강한 부정은 강한 긍정이라던데 혹시나 했더니 역시나군. 너도 귀엽긴 하다만 내 이상형이랑은 거리가 멀어. 난 뭐랄까 딱 보는 순간 가슴 두근거리는 그런 남자가 좋거든. 미안하지만 날 너무 좋아하지 마. 난 바람 같은 여자니까. 오케이? 호호호."

'으~ 정말 바람과 함께 사라지고 싶다.'

"아는 사람이냐?"

클린트는 노빈손과 스칼렛 오하마를 번갈아 보며 물었다.

"아니 그렇다기보다…."

"너 보기보다 인간관계 한번 폭넓다."

그때였다. 지나가는 철도원을 스칼렛 오하마가 붙잡았다.

"아저씨, 스토커 때문에 피곤해 죽겠어요. 한눈에 반했는지 제 자리까지 따라온 거 있죠?"

"스토커라니 무슨 그렇게 심한 말을. 난 그냥 내 자리에 앉아 있었던 것뿐이라니까요."

졸지에 스토커로 몰리다니 빈손은 억울하기 짝이 없었다.

"표 좀 보여 주실까요?"

내 마음을 받아 줘
미국에서는 좋아하는 사람을 쫓아다니거나 귀찮게 하면 큰코 다칠 수 있어. 물론 개인에 따라 받아 주는 정도가 다르겠지만 내 마음을 받아 주지 않으면 죽어버리겠다는 식의 표현을 하면 정신이상자로 취급받게 돼. 잘못하면 경찰에 체포되어 정신병원이나 경찰서 신세를 지는 수도 있다니 마음을 다 표현하고 사는 게 좋은 것만은 아니라는 사실!

표를 살펴보던 철도원의 얼굴이 심각해지더니 노빈손과

클린트의 얼굴을 번갈아 보았다.

"이 표 어디서 난 거죠?"

"무슨 문제라도 있나요?"

"이 표는 가짜입니다."

"뭐라구요? 있는 돈 탈탈 털어서 샀는데 가짜라뇨?"

노빈손은 흥분해서 계란이 튀어나오는 것도 모르고 외쳤다.

"요즘 그렇게 사기 치는 암표상들이 극성입니다. 안됐지만

이 표로는 횡단열차를 탈 수 없습니다."

허거걱ㅡ.

"거봐, 역시 날 쫓아온 스토커였어."

노빈손의 애타는 마음을 아는지 모르는지 얄미운 스칼렛 오하마는 빈손을 연신 스토커 취급했다.

가진 돈 몽땅 털어 구입한 열차표인데 가짜라니! 기가 막혔다.

"글로벌한 외모 어쩌구 하더니 그래 가짜 표를 사 온 거야? 자~알한다, 잘해. 아무튼 빈손이 넌⋯. 험험 철도원 양반, 제 얼굴을 봐서라도 한번 봐주시면 안 될까요? 제가 보안관인데 중요한 임무를 띠고 이 열차를 탄 겁니다."

귀에 대고 속닥이는 클린트의 머리를 밀어내며 철도원은 침침한 눈으로 얼굴을 빤히 살폈다.

"그래서? 보안관이나 되는 사람이 잘하십니다. 보안관이면 답니까? 자리를 이용해서 덕이나 보려 하고. 보안관이 아니라 FBI가 와도 무임승차는 안 됩니다."

클린트와 노빈손은 철도원에게 이끌려 열차 밖으로 내동댕이쳐지기 일보 직전이었다.

"가진 돈 몽땅 털어서 이 표를 샀다구요. 어떻게 입석으로라도 타고 가면 안 될까요? 넹? 아아아앙~."

노빈손은 말숙이가 용돈 탈 때 쓰는 애교를 떠올리며 한껏 콧소리까지 넣어 부탁했다.

"됐거든. 입석은 고사하고 짐칸도 곤란해."

"한 번만 봐주세요. 열차만 태워 주시면 무슨 일이든 할게요. 설거지든 걸레질이든. 네? 한 번만 봐주시면 안 될까요?

그 이름도 폼 나는 FBI
미국 연방 수사국. 연방
법 위반행위, 국가 안보
수호, 대통령 명령에 따
른 특별 임무 등을 수행
하는 기관이야. 1908년
법무부 검찰국으로 시
작하여, 제2차 세계대전
때 미국 내에 파견된 간
첩 등을 잡는 일에 크게
활약했지. 이후 국가 치
안에 한몫을 담당하는
중요 기관이 되었어.

꼭 이번 열차를 타야 하거든요. 한 사람의 목숨이 걸린 일이
라구요."

빈손이 사정사정하자 나이 지긋한 철도원의 마음도 살포
시 누그러졌다.

"그러고 보니 기관실에서 일꾼이 필요하다고 들은 것 같긴
한데⋯. 잘할 수 있겠어?"

철도원의 말은 어느새 짧아져 있었다. 클린트와 빈손은 동
시에 합창하듯 말했다.

"그럼요. 일단 한번 맡겨 보시라니까요."

잔인한 버펄로 사냥꾼들

뿌우뿌우.

"아메리카 횡단열차 출발합니다. 출입문 닫습니다. 출입문
닫습니다. 삐이익ㅡ. 이 역은 열차와 승강장 거리가 넓사오니
타고 내리실 때 조심하시기 바랍니다."

아메리카 횡단열차가 칙칙폭폭 소리를 내며 움직이기 시
작했다.

"드디어 출발이에요. 열차가 출발하는 장면은 언제 봐도
장관인 것 같아요. 이 무거운 짐들과 이 많은 사람들을 태우
고 이렇게 힘차게 출발하다니⋯. 열차를 만든 사람은 아마도

열차 만든 사람들
철도가 만들어지기 전
에는 모두들 마차나 배
를 타고 먼 거리를 이동
했어. 이런 생활이 획기
적으로 바뀌게 된 것은
1804년이야. 영국의 트
레비틱이라고 하는 사
람이 시속 6.4킬로미터
정도의 증기기관차를
세계 최초로 제작했대.
하지만 이건 걷기나 다
름없었어. 10년 뒤에 스
티븐슨이라는 사람이
시속 20킬로미터가 조
금 못 되는 증기기관차
를 개발했다고 해.

저만큼이나 똑똑한 사람이겠죠? 아 날씨 조오타."

노빈손은 차창 밖으로 손을 내밀어 바람을 느끼고 있었다.
가슴을 쭈욱 펴고 폐 깊숙이 신선한 공기를 마시며 지그시
눈을 감았다.

"여기가 무슨 타이타닉호냐? 그리고 지금 날씨 타령이 나
와? 어서 와서 석탄이나 넣으시지."

"아저씨, 전 아직 마음의 준비가 안 됐는데…. 꼭 그래야
할까요?"

"누군 마음의 준비가 됐고? 훌륭한 보안관 체면에 삽질이
라니. 내참."

"우리가 석탄을 안 넣으면 열차가 멈춰 서겠죠?"

“그걸 말이라고!”

노빈손은 삽자루를 잡은 손에 불끈 힘을 쥐었다.

클린트와 빈손은 석탄을 한 삽 퍼서 연료통에다 던져 넣었다. 금세 땀이 비오듯 쏟아졌다.

철도원은 표가 없는 노빈손과 클린트를 내쫓는 대신 증기 기관으로 움직이는 기차에서 석탄 떼는 일을 시킨 것이다. 허리 한번 제대로 못 펴고 삽질을 해야 하는 연료실은 그야말로 불지옥이나 다름없었다.

한 삽 뜨고 열 마디 불평하고 한 삽 뜨고 열 마디 불평하고…. 클린트는 그래도 성이 차지 않는 모양이었다.

“이런 식으로 가다간 최고의 보안관도 되기 전에 허리 디스크로 병원 신세부터 질 거라구. 으으윽, 내 허리.”

“청순비만 말숙이도 이거 3주만 하면 얼굴이 반쪽 되겠는걸요.”

노빈손은 말숙이가 삽을 들고 있는 장면을 떠올리다가 깜짝 놀랐다.

‘이거 상상이긴 하지만 너무 잘 어울리잖아.’

허우대만 멀쩡했지 평생 노동이라고는 해보지 않은 클린트는 삽질 몇 번 하고 바닥에 누워 홍알거리며 일어날 줄 몰랐다. 노빈손도 덩달아 드러누웠다.

“어쭈, 시작한 지 5분도 안 돼서 벌써 쉬고 있나?”

언제 왔는지 철도원이 눈을 부릅뜨고 둘을 노려봤다.

나폴레옹한테 구입한 루이지애나
1803년 미국은 프랑스 황제 나폴레옹으로부터 루이지애나 지역을 사들였어. 토머스 제퍼슨 대통령 휘하의 국무장관이었던 제임스 매디슨은 214만 4,500제곱킬로미터 넓이의 땅인 루이지애나를 1,500만 달러를 지불하고 매입했어. 4,000제곱미터당 3센트 정도의 저렴한 비용으로 미국의 영토는 2배로 확장되었고 서부는 더욱 활기를 띠게 됐어.

노빈손은 벌떡 몸을 일으켜 석탄을 넣는 척하다가 엄살을 부렸다.

"저는 괜찮지만 우리 보안관님이 워낙 힘들어해서 말이죠. 딱 5분만 쉬었다 하면 안 될까요?"

"흥. 니가 꾀가 나서겠지, 어림없는 소리 말라고."

"아저씬 나만 미워해~."

구시렁대며 창밖으로 고개를 돌리던 노빈손은 저 멀리서 시꺼먼 구름 떼가 대지를 달리고 있는 것을 발견했다. 시꺼먼 구름 떼가 지나갈 때마다 황색 먼지가 매캐하게 일었다.

"아저씨, 저게 도대체 뭐예요?"

"버펄로 떼로군."

클린트도 조금 놀란 표정으로 창밖을 바라봤다.

쿠르르릉— 쿠르르릉—.

끝이 보이지 않을 정도로 엄청난 수의 버펄로 떼가 한꺼번에 이동하자 뿌연 흙먼지와 함께 대지가 지진이 난 것처럼 흔들렸다.

웬만한 황소보다 덩치가 크고 먹물처럼 검은 버펄로 떼가 이동하는 모습은 그야말로 장관이었다. 검기 때문에 더 강해 보이는 버펄로들은 불룩하게 솟아오른 척추에 잔뜩 힘을 주고 네 발로 땅을 박차며 어딘가를 향해 달려가고 있었다. 노빈손은 로마 병사들처럼 힘찬 그 모습에 눈을 뗄 수가 없었다.

"입 좀 닫아라. 먼지 들어간다. 그만 넋 놓고 종 칠 준비나 하시지."

철도원은 노빈손의 주의를 환기시켰다.

"종은 왜요?"

"으이그 또 질문. 동물들이 철로에 뛰어들어 생기는 불가
피한 사고를 줄이기 위해 종을 설치해 둔 거야. 덕분에 종소
리에 놀라 열차에 뛰어 드는 일은 좀 줄어들었거든. 밤에 랜
턴을 비추는 것도 그 이유고."

클린트가 대신 대답했다.

"그럼 이 옆에 붙어 있는 빗자루는 뭐하는 데 쓰는 물건이
에요?"

이번에도 클린트가 대답하려는데 철도원이 먼저 낚아챘다.

"뭐긴. 메뚜기 떼 쓸어 버릴 때 쓰는 거지. 지난번에 선로에
메뚜기 떼가 7센티미터나 쌓여서 기차 운행까지 중단되지 않
았겠냐."

"에이, 설마. 말도 안 돼!"

전혀 안 믿는 듯한 노빈손의 눈빛에 철도원은 단단히 빈정
이 상했다.

"속고만 살았나. 믿든지 말든지. 잡담은 그만하고 어서 서
두르라고. 이제 조금 있으면 버펄로 사냥 시간이야. 승객들
은 빨리 달리는 열차에서 버펄로 사냥하는 걸 좋아하니까 이
때쯤 속도를 바짝 내야 한다고. 빨리 움직여. 어서! 어서!"

철도원은 지옥의 사자처럼 노빈손과 클린트를 볶아댔다.

열차도 서게 만드는
메뚜기의 힘
서부에서는 철로를 왔
다 갔다 하는 동물들이
가장 큰 골칫거리였어.
특히 물소들은 기적소
리를 들어도 잘 움직이
지 않았어. 하지만 이보
다 더 심각한 문제는 빽
빽한 구름처럼 보일 만
큼 그 수가 엄청난 메뚜
기 떼의 이동이었어. 한
번은 콜로라도 강 근처
선로에 7센티미터의 메
뚜기 떼가 들끓어서 기
차 운행을 중단하기까
지 했어. 작은 고추가 맵
다더니, 메뚜기의 힘 대
단하지?

“버펄로 사냥이요? 왜요?”

“질문 안 하고 넘어갈 리가 없지. 아무튼 너처럼 질문 많은 애는 처음 본다. 뭐 그리 궁금한 게 많아. 아니지, 뭐 그리 아는 게 없어! 타임머신이라도 타고 왔냐? 이 근방에 버펄로가 자주 나타나는데 그 수가 어찌나 많은지 열차를 타고 가면서 사냥을 해도 줄지를 않는다니까. 달리는 열차에서 버펄로도 마음껏 사냥하고 스트레스도 풀겠다는 거지. 아마 이 맛에 열차를 타는 사람도 꽤 될걸.”

철도원의 말에 빈손은 어이가 없었다.

“너무 잔인해요. 그러다가 나중에 멸종되고 말 거라구요. 지금도 지구에서 사라져 가는 동물들이 얼마나 많은데….”

노빈손이 항의하듯 언성을 높이자 철도원은 뜨끔했는지 잠시 멈칫했다.

“노빈손이라고 했나? 너 마음에 드는구나. 잔인하다고 생각되긴 하지만 위에서 시키니 어쩌겠냐. 동물을 사랑하는 네 마음이 기특하다만… 어디다 눈을 부릅떠? 녀석 성격 있네. 지금 네가 버펄로 걱정할 때냐? 네 걱정이나 해. 그런 식으로 늦장을 부렸다간 너야말로 아메리카 횡단열차에서 사라지고 말 테니까.”

탕탕탕―.

노빈손의 안타까운 마음에도 불구하고 요란한 버펄로 사냥이 시작된 모양이었다.

재기를 꿈꾸는 삼인조 악당

알고 보면 감성적인 부치는 결전의 그 순간을 기다리며 원두 커피를 마시고 있었다. 아주 진한 커피를 마시는 걸 자랑으로 여기고 있는 부치는 오늘도 다방커피 대신 한약보다 더 진해 보이는 커피를 쭈욱 들이켰다.

"이히히힝~, 들이켜자마자 뱃속에서 말이 뒷발질을 하는 듯한 이 쓰라린 기분! 그래, 이 맛이야."

짙은 커피를 들이켠 부치의 다크서클이 한층 더 짙어 보였다.

"저어기— 열차가 오고 있는 것이 보입니다요, 형님."

엎드려서 긴 망원경으로 열차가 들어오는지 망을 보던 잭이 말했다.

"말도 제일 빠른 것들로 골라 놨습니다, 형님."

월이 윤기가 좌르르 흐르는 말의 엉덩이를 툭툭 두드렸다.

"드디어 때가 왔군."

부치는 눈을 가늘게 뜨고 비장하게 말했다.

"이제 우리는 시시한 총잡이가 아니라 미국 전역을 떠들썩하게 하는 열차 강도로 다시 태어나는 거다. 시시한 그냥 악당이 아니라 서부의 대열차 강도! 캬아, 어감 좋고! 그동안 쉴 틈 없이 일하느라 고생 많았을 거다. 오늘 멋있게 한탕 하고 L.A.갈비나 먹으러 가자꾸나. 크하하핫. 얘들아, 내일 아침 신문 1면으로 화려하게 컴백하자. 크으하하핫."

목젖이 보이게 웃어 젖히던 부치가 웃음을 뚝 그치고 월을 쳐다봤다.

"월, 이번 정보는 확실하겠지?"

부치는 또 지난번처럼 낭패를 당하는 게 아닌가 싶어서 의심스러운 눈으로 염탐꾼 월을 쳐다봤다.

월은 군기가 잔뜩 든 채 대답했다.

"넵, 확실합니다. 은행에서 금괴가 든 궤짝을 다섯 상자씩이나 열차에 싣던걸요. 거기다 현금이 든 자루도 열차에 아주 가득가득 싣더라고요. 이번 열차는 완전 로또 열차라니까요."

월은 벌써 금괴라도 손에 들어온 것처럼 열을 냈다.

"금괴가 그 정도면… 금이 한 돈에 얼마더라? 금괴가 다섯 궤짝이니까 곱하기 오에다가 오삼십오 오사이십 그리고 14K는 반값으로 쳐야 하나? 그럼 나누기 이에다가…. 말을 구한 투자비를 빼고 거기에 열차를 털 때 드는 기회비용까지 하면…."

부치는 손가락 발가락까지 꼽아 가며 셈을 하고 있는 떠벌이 잭을 제지했다.

"야, 오늘 안에 계산 끝나냐?"

"형님, 저도 끝내고 싶은데…. 어디서 끝내야 할지 몰라서."

"내가 늘 말했지? 우린 머리로 먹고사는 사람이 아니라 기술로 먹고사는 사람이라고. 섣불리 머리 쓰지 마라. 다친다.

금괴가 다섯 궤짝에… 오오이십… 좋았어! 해볼 만한 게임이
다."

부치가 스카프를 휘날리며 휘리릭 말에 오르자 잭과 윌도
함께 말에 올랐다.

히히히힝.

"자, 그럼. 금괴 사냥을 나서 볼까?"

부치 일당은 하늘을 향해 총을 쏘며 성공을 다짐했다.

탕탕탕―.

위기일발 대열차 강도 사건

탕탕탕―.

"또 버펄로 사냥인가?"

석탄을 넣던 노빈손과 클린트는 또다시 들리는 총소리에
고개를 들었다.

꺄아아악―.

사람들의 연이은 비명 소리가 들려왔다.

"강도야, 사람 살려!"

"열차 강도닷!"

또다시 들리는 총소리에 노빈손과 클린트는 석탄을 넣다
말고 멈췄다.

무법자들의 등장
서부로 개척자들이 몰
려오자 산적들은 새로
운 돈벌이를 발견했어.
노략질을 일삼던 산적
들은 개척자들이 지나
가는 길에 매복해 있다
가 마차들을 향해 달려
들었어. 이주민들의 돈,
가축, 말을 빼앗아서 미
시시피 강의 촌락에 내
다 팔아 수익을 챙기곤
했어.

　　창밖을 보니 삼인조 열차 강도가 총을 쏘며 열차를 따라오고 있었다. 열차에 바짝 붙어 달리다가 곡예를 하듯이 달리는 말 위에 일어서서 달리는가 싶더니 열차에 훌쩍 올라탔다. 서커스처럼 아슬아슬한 장면이었지만 서부의 악당들답게 깔끔하게 해냈다.

　　악당들은 열차에 올라타자마자 승객들을 한쪽으로 몰아세웠다. 겁에 질린 승객들로 열차 안은 아수라장이 되었다. 벗겨진 신발이며 나뒹구는 삶은 계란, 사람들에게 깔려 부상당한 사람들 그리고 연신 비명을 질러대는 아이들과 여자들까지.

　　"역시 사람들의 비명소리는 아드레날린을 분비시키는 데 최고라니까! 우캬캬. 모두 팔을 머리 뒤로 하고 앉아. 일어

서. 앉아. 일어서."

탕탕탕ㅡ.

부치는 백 미터 달리기 심판이라도 된 것처럼 하늘에 대고
총을 쏘아 댔다.

"우리는 열차 강도다. 거기 철도원! 어서 금괴가 실려 있는
칸으로 우릴 안내하시지."

부치는 철도원을 잡아 거칠게 협박했다.

"저 죄송스런 말씀입니다만 금괴를 실은 열차는 이 열차
바로 옆에 있던 열차인데…. 아마 삼십 분쯤 전에 먼저 출발
했을 겁니다. 열차를 잘못 타신 것 같은데요."

"……"

열차 강도 세 사람뿐만 아니라 열차에 탄 사람들까지 동작이 일시 정지됐다.

떠벌이 잭과 염탐꾼 윌의 얼굴이 사색이 되었다.

금궤를 털어 신문 1면에 나오려고 했던 부치는 실망감과 창피함, 거기다 당혹스러움까지 더해져 머릿속이 대공황이라도 찾아온 것처럼 멍해졌다.

"하. 하. 하. 하. 하. 너무 어이가 없으니까 웃음이 다 난다. 변변찮은 것들을 믿은 내 잘못이지. 이 열차가 확실하다며. 눈이 안 좋으면 라식수술이라도 좀 하던가. 이게 무슨 망신이냐고."

화가 난 부치가 버럭 소리를 지르자 열차에 있던 사람들 모두 움츠러들었다. 한데 그런 상황에서도 비웃는 듯한 표정으로 이쪽을 보고 있는 한 소년이 있었다. 뚫어진 밀짚모자에 주근깨 가득한 소년은 와이키키 브라더스가 하는 짓이 한심스럽다는 듯 실실 웃고 있었다.

"어이, 거기 너, 비웃어?"

"네? 저요?"

"그래. 거기 너 말고 웃는 사람 또 있어? 우리가 실수 좀 했기로서니 무안하게 그렇게 대놓고 웃냐? 웃으니까 좋냐, 좋아?"

"전 그냥 단지⋯."

"어쭈? 그래도 웃네. 너 이름이 뭐냐?"

"허클 베리 굿이요. 저기요, 전 원래 표정이 이렇거든요."

"잠깐. 거기 손에 들고 있는 거 금고잖아, 이리 내놔 봐. 금 궤는 글렀고 네 금고라도 털어야겠다."

"이것만은 안 돼요."

허크는 들고 있던 금고를 꼭 껴안았다.

"안 된다고 하는 것 보니까 값진 물건들이 들어 있는 게 틀림없군. 애들아, 열어라!"

잭과 윌이 한참을 낑낑거린 끝에 금고를 열었다.

금고 속에는 값진 물건들 대신 치약, 칫솔, 팬티, 면도기, 샴푸 등이 쏟아져 나왔다.

"제가 열지 말라고 했잖아요. 부끄럽게….".

"이 궁상맞은 물건들은 다 뭐야? 너 금고 공장장 외아들이라도 되냐? 도대체 왜 금고에다 이따위 걸 넣고 다니냐고!"

"은행에서 버리기에 주워다가 가방으로 대신 쓴 거라고요."

귀밑까지 발갛게 달아오른 허크는 쏟아진 물건들을 주워 모으고 떨어진 숟가락을 불어 먼지를 털어냈다.

"후후, 이게 어떤 숟가락인데…."

허크는 울먹이며 말했지만 역시나 얼굴은 웃고 있었다.

빈정이 상할 대로 상한 부치는 콧구멍까지 벌름거리며 씩씩거렸다. 잭과 윌은 알아서 열차 구석에 무릎 꿇고 앉아 손을 들고 벌 받는 자세를 취하고 있었다.

귀엽게 불러 줄게
미국에서는 흔히 가까운 사이에 이름에 있는 철자를 짧게 줄여 부르곤 해. 예를 들면 엘리자베스의 경우 'Elizabeth'의 '엘리자(Eliza)'까지만 부를 수도 있고 뒷부분의 '베스(Beth)'만 부를 수도 있지. 또는 중간에 '리즈(Liz)'만 부를 수도 있어. 그래서 허클 베리 굿(Huckle Verry good)이 허크(Huck)로 불리는 거야. 앤드류(Andrew)는 앤디(Andy)로, 찰스(Charles)는 찰리(Charley, Charlie)로 불리지.

"금괴가 든 열차는 놓치고 엉뚱한 열차를 타질 않나, 금고 인 줄 알고 열었더니 돈 대신 빤쓰가 들어 있질 않나. 내가 이것들을 부하라고. 콱~."

대열차 강도로 사람들을 공포에 떨게 하려던 자신의 계획 이 수포로 돌아가는 것을 가만히 보고 있을 수만은 없었다. 거 기다 이렇게 허크처럼 대놓고 비웃는 녀석도 있으니 이러다 간 사람들 사이에서 정말 웃음거리가 될지도 모를 일이었다.

"이대로 물러설 수 없어. 칼을 뽑았으면 깍두기라도 만들 어야지. 잘 들어라. 내 말에 순순히 복종하면 그때 봐서 목숨 만은 살려 주지. 지금부터 몸에 지니고 있는 금, 은, 보석, 시 계, 명품가방, 집 문서 등 돈 되는 물건은 무조건 자진 납세 한다. 실시!"

하수인인 염탐꾼 윌이 모자를 벗어 들고 사람들에게서 돈 과 보석 등을 빼앗아 담았다.

사람들은 혹시라도 기분이 별로인 서부 악당의 희생양이 될까 봐 덜덜 떨며 주머니를 열었다.

"혹시 불만 있는 사람 없겠지? 어이, 거기 아름다운 아가 씨, 아가씨 표정이 왜 그래? 설마 내가 하는 일에 불만이 있 는 건 아니겠지? 불만 있으면 데이트라도 해줄까?"

부치는 첫눈에 반했는지 스칼렛 오하마를 보며 느끼한 미 소를 날렸다.

"아뇨. 전 불만 없는데요, 앤 있대요."

스칼렛 오하마는 가만히 앉아 있는 노빈손의 등을 떠밀었다.

허걱―.

번들거리는 땀구멍이 들여다보일 만큼 가까워진 노빈손과 부치는 서로 마음에 들지 않는 상대를 만난 선 자리처럼 잠시 어색하게 서로를 바라봤다.

"아뇨, 제가 특별히 불만이 있다기보다요… 가까이서 보니까 피부가 지성이시네요. 클린트 아저씨, 어떻게 좀 해봐요."

"내가 무슨 힘이 있어. 나도 겁난다고~."

돌아보니 클린트는 머리를 의자 밑에 넣고 엉덩이를 높이 쳐든 채로 덜덜 떨고 있었다.

"무슨 보안관이 그래요?"

"나 원래 시험 안 보고 보안관 됐어."

보안관이라는 말에 부치의 눈이 빛났다.

"오호~ 겁쟁이 보안관이라, 이게 웬 월척이야. 보안관을 괴롭히면 악당들의 명성은 따따블로 높아지지. 크캬캬캬."

아까부터 가자미눈을 하고 노빈손을 바라보던 염탐꾼 윌이 부치의 귓전에 대고 속삭였다.

"형님, 형님. 머리숱 없는 게 꼭 쉬인이랑 결투하던 그 문어머리 녀석을 닮았단 말입니다. 정말 비슷하게 생겼네. 맞습니다, 맞아요. 쉬인이랑 결투했던 그 녀석이 맞습니다."

"뭐라고? 확실해?"

원수는 대륙 횡단열차에서 만난다더니, 어쩜 이리 되는 일

부패한 보안관은 질색이야

법망을 이리저리 피해 다니며 나쁜 짓을 일삼는 부패한 보안관 때문에 참을 수 없는 지경에 이른 사람들은 스스로를 지키기 위해 '야경대'를 조직하기도 했어. 이들은 산적이나 요주의 인물을 잡을 때까지 밤낮없이 추격을 해서 잡아들이곤 했는데 말야, 야경대에서도 부패한 사람들이 생겨나서 골치가 아팠다고 하니, 애고~ 부패 막다가 부패했지, 뭐.

이 없는지 노빈손은 하늘이 원망스러울 따름이었다.

"누가 우리 귀염둥이 재롱둥이 막내둥이 쉬인을 건드렸나 했더니 바로 네 녀석이었군. 네가 우리 브라더스를 건드리고도 무사할 줄 알았더냐?"

부치는 가뜩이나 험상궂은 얼굴을 더 구겼다.

"아저씨, 제가 일부러 그런 건 아니걸랑요. 그러지 않으려고 했는데 자꾸 그 아저씨가 결투를 하자고 해서…."

노빈손의 구구절절한 변명이 이어지자 부치가 듣기 싫다는 표정으로 방아쇠를 당겼다.

"에에에~ 듣기 싫어. 변명은 내 스타일이 아니야. 그 시간에 탭댄스나 추시지."

탕탕탕탕—.

"꺄오~ 빈손 살려."

부치는 노빈손의 발에 총알을 퍼부었다. 빈손은 총알들을 피하기 위해 발바닥에 땀이 나도록 부지런히 탭댄스를 춰야 했고 그 모습을 보며 와이키키 브라더스는 웃음을 터뜨렸다.

"자, 이제 저승 갈 준비 운동은 그만하면 됐고 마지막 유언이나 하시지."

노빈손은 가쁜 숨을 몰아쉬며 어떻게 시간을 벌어야 할까 궁리했다.

그때 스칼렛 오하마의 립스틱이 잔뜩 묻은 물컵이 눈에 들어왔다. 옆에는 신문지가 어지럽게 널려 있었다. 컵, 신문,

발바닥에 땀나도록 추는 춤, 탭댄스
밑창에 징이 박힌 구두를 신고 박자에 맞춰 마룻바닥을 치면서 경쾌한 소리를 내는 춤이야. 아일랜드와 영국 랭커셔 지방의 민속춤이 미국 흑인들에게 전파되면서 탄생했다고 해. 처음에는 노래와 코미디가 섞인 형식이었지만 점차 춤만 추는 형태로 발전했다고 하는군.

물이라….

노빈손의 머릿속에서 형광등이 켜질 때처럼 팅- 불이 들어왔다.

"아저씨, 쉬인 아저씨한테 들었는데 브라더스 중에 쉬인 아저씨가 제일 재주도 많고 유능하다는데 정말인가요?"

"무슨 말도 안 되는 소리. 쉬인 녀석을 내가 키웠다는 걸 알 만한 사람들은 다 알아, 왜 이래."

대부분의 악당들은 자존심이 세다는 걸 노빈손은 경험으로 잘 알고 있었다.

"어! 정말이에요? 하긴 아까 보니까 서커스단처럼 말 타기 묘기도 잘하시더라구요."

빈손의 말에 부치는 어깨를 으쓱했다.

"내가 좀 한다니까 그러네."

"그런데…."

노빈손은 뭔가 아쉽다는 표정을 지으며 말끝을 흐렸다.

"그런데 뭐?"

"너무 평범해요. 다른 악당들과 뭔가 차별화된 기술이 있어야 하지 않겠어요?"

"평범하지 않은 기술? 문어머리 네가 그런 걸 안단 말이냐? 뭐? 어떤 거?"

큰소리만 쳤지 변변한 재주가 없어 늘 열등감에 젖어 살던 부치는 차별화라는 말에 예쁘지도 않은 눈을 반짝이며 물었다.

"일종의 쇼 같은 거죠. 사람들의 눈길을 끌 수 있는…."

"그러니까, 그게 뭐냐고?"

"이를테면 그런 거 있잖아요. 신문지를 물에 넣어도 젖지 않게 할 수 있는 기술? 그런 걸 보여주는 거죠."

"뭐? 그걸 말이라고 해! 신문지는 종이인데 어떻게 안 젖게 해? 얘가 나를 아주 스투피드(바보)로 알아요. 그런 기술이 있으면 내가 너를 살려 준다."

"어! 진짜죠? 약속하시는 거예요."

노빈손과 부치의 대화를 듣고 있던 승객들의 표정은 어두워졌다. 말도 안 되는 얘기다. 종이로 만들어진 신문을 물에 넣으면 젖는 건 당연한데 왜 사서 죽을 길로 가는가. 있는 물

건 다 주고 싹싹 빌면 목숨이라도 건질 텐데…. 여기저기서 웅성거리는 소리, 노빈손을 질타하는 소리로 기차 안은 다시 시끄러워졌다.

"형님, 저 문어머리는 잔머리가 보통이 아닌 거 같습니다. 쉬인도 한방에 쓰러뜨리는 걸 제 눈으로 봤다는 거 아니겠습니까, 형님."

"나도 알아. 그래도 우리가 손해 볼 건 없지. 녀석의 말이 거짓이면 괘씸죄까지 추가해서 없애 버리면 되고, 사실이라면 그 기술을 캐물으면 될 거 아니냐. 필요한 정보를 캐낸 후 그때 처치해도 늦지 않는 법. 크흐흐흐."

부치는 비열한 웃음을 낮게 흘렸다.

"역시 형님은 악당 중의 악당이십니다."

클린트는 도저히 노빈손의 속을 알 수가 없었다. 악당들한테 죽느냐 마느냐 하는 순간에 저런 허황된 말을 늘어놓고 있다니. 그러고도 눈 하나 깜짝 안 하는 걸 보면 처음 볼 때부터 알아봤지만 보통 강심장이 아니었다.

"빈손아, 왜 스스로 무덤을 파고 그래?"

클린트가 낮게 속삭였다.

"무덤을 파는 게 아니라 살 궁리 중이라고요. 제가 부치 일당의 눈을 붙잡아 두고 있을 테니 아저씨는 사람들을 피신시키세요."

"피신은 무슨 피신! 달리는 열차에서 뛰어내리기라도 하란 말이냐?"

"아뇨. 사람들을 열차 마지막 칸으로 이동시키고 열차를 분리하는 거예요. 그렇게 떨어져 나가면 부치도 어쩌지 못할 거예요."

이 상황에서도 다른 사람 걱정을 하다니 노빈손은 정말 알다가도 모를 인물이었다.

"뭐하는 거냐? 설마 시간을 벌려는 꿍꿍이는 아니겠지? 그래 봤자 몇 분 더 숨을 쉬는 것뿐이니 이제라도 사실대로 말하시지!"

부치는 주먹을 움켜쥐며 두둑 소리를 냈다.

"무슨 그런 섭섭한 말씀을. 잘 보세요, 종이를 물에 넣어도 안 젖게 하는 기술!"

노빈손은 신문지를 잔뜩 구겨 유리컵 안에 가득가득 채워 넣었다.

"자, 가까이 와서 똑똑히 보세요. 나중에 속임수니 어쩌니 하지 마시고."

노빈손의 너스레에 부치 일당은 노빈손 앞으로 바짝 다가섰다.

노빈손은 물을 채운 그릇을 가져와 유리컵의 주둥이가 아래로 향하도록 거꾸로 집어넣었다.

그 틈을 타서 클린트는 사람들을 한명 한명 조용히 열차 맨 뒤칸으로 보냈다.

노빈손은 퐁당 소리를 내며 들어간 컵을 한참 만에 꺼내어 안에 있는 신문지를 펼쳐 보였다.

"짜잔~."

"오잉~ 이럴 수가! 도대체 어떻게 한 거야? 물에 들어갔다 나온 신문지가 뽀송뽀송하잖아."

입이 쩍 벌어진 부치 일당은 신문지를 만져 보면서도 믿기 힘들어했다.

"문어머리, 너 마술도 하냐?"

"마술이 아니라 과학이죠. 이게 다 유리컵에 들어 있던 공기 덕분이거든요. 하하! 그럼 약속은 약속이니까 이제 놓아 주실 거죠?"

"약속은 무슨 약속! 이게 뭐 대단한 기술이라고. 신기하기는 하다만 네 녀석 목숨과 바꿀 만큼은 아니지. 자 이제 저승 갈 준비나 하시지."

앗, 그런데 뭔가 느낌이 이상했다. 주변을 두리번거리는 부치를 떠벌이 잭이 호들갑스럽게 불렀다.

"형님, 형님, 타고 있던 사람들이 갑자기 사라졌습니다요."

"쉬이트~ 이건 또 무슨 소리야? 문어머리, 너 도대체 무슨 짓을 한 거야? 그러고도 무사할 줄 알아!"

부치의 얼굴이 머드팩을 한 것처럼 허옇게 변했다.

"이 조류 독감 바이러스에 붙은 무좀 균 같은 녀석!"

부치 일당은 노빈손을 향해 무섭게 달려들었다. 빈손은 등

공기도 자리가 필요해
종이를 넣은 컵을 물속에 넣었는데 왜 젖지 않을까? 공기는 눈에 보이지 않지만 어엿하게 공간을 차지하고 있어. 그래서 컵 안에도 공기가 가득 차 있는 거야. 컵 안의 종이 주위에도 마찬가지지. 그래서 종이가 든 컵을 물속에 넣어도 물이 컵 안으로 들어오지 않는 거야. 이미 공기가 그 공간을 가득 채우고 있으니까 물이 들어올 공간이 없는 거지.

을 돌려 허겁지겁 도망쳤지만 세 사람을 따돌리기엔 역부족이었다.

"감히 눈앞에서 이 부치님을 속이려고 들어? 간에 보톡스라도 맞았냐? 겁이 없어도 너무 없다. 너 같은 녀석은 총알 맛을 봐야 정신을 차리지."

열을 받을 대로 받은 부치는 허리춤에 차고 있던 권총을 뽑아 들었다.

그때 갑자기 기차가 끼이익 하며 멈추는가 싶더니 열린 열차 문으로 5킬로그램은 족히 넘어 보이는 우편물 자루들이 붕붕 소리를 내며 로켓처럼 날아들었다.

"아니 이게 웬 날벼락이냐."

와이키키 브라더스와 노빈손 모두 어리둥절해하고 있는데 클린트의 목소리가 들렸다.

"빈손아! 이쪽으로, 어서!"

클린트는 부지런히 우편물 자루를 집어던지며 노빈손을 부르고 있었다. 우편물 자루는 열차의 속도로 인해 더욱 세게 날아들었다.

"아저씨, 왜 다시 오셨어요?"

"몰라, 발걸음이 안 떨어지더라고. 그놈의 정이 뭔지. 이때야. 어서 나와."

날아오는 무거운 우편물 자루와 흩날리는 우편물을 요리조리 피하며 노빈손은 클린트를 향해 달렸다.

마차 우편 서비스 개시
육로를 이용해 값싸게 우편 서비스를 할 수 없을까 고민하던 사람들은 마차를 이용한 우편 서비스 조직을 만들었어. 그 결과 요금은 떨어졌지만 배달되는 시간이 길게는 한 달 가까이 걸렸다고 해. 소식 기다리다 지친 사람들이 많았겠지?

잭과 윌은 도망가는 노빈손을 잡기 위해 비틀거렸지만 날
아오는 우편물 자루에 깔려 버둥거렸고, 자루를 피하다 넘어
진 부치는 또 다른 우편물 자루에 얼굴을 정통으로 맞았다.

"내 이것들을….".

약이 잔뜩 오른 부치는 부르르 떨며 괴력을 발휘해 우편물
자루를 밀쳐냈다.

"빈손아, 서둘러!"

노빈손과 클린트는 승객들이 타고 있는 마지막 열차 칸을
향해 뛰고 또 뛰었다.

쿠궁 쿠궁 쿠궁.

열차의 마지막 칸으로 가기 위해 밖으로 나오니 철로를 달
리는 소리가 고막을 크게 울렸다. 열차의 속도 때문에 머리
카락과 얼굴이 제멋대로 움직이는 것 같았다.

클린트와 노빈손은 마지막 칸으로 잽싸게 올라탔다. 그러
곤 멀리서 쫓아오고 있는 부치에게 작별인사를 보냈다.

"이건 몰랐죠? 약 좀 오를 거예요. 잘 가요, 와이키키 브라
더스 양반들!"

클린트가 열차 분리 고리를 잡았다.

"헤헤헤. 이제 이것만 풀면 안녕이다. 끙, 풀었…. 어라?
이거 안 풀리잖아. 끙."

"아저씨, 장난치지 마세요."

"정말이야, 안 풀려. 끄응."

총알 우편 배달
포니 익스프레스 회사
는 발이 빠르고 배짱 있
는 기수들을 대거 영입
해서 배달 일수를 최소
한으로 줄이는 걸 목표
로 삼았어. 이들 기수가
가지고 다니는 가방에
는 편지, 전신, 신문 등
이 가득 차 있었는데 그
무게가 9킬로그램이나
됐어. 우체국에는 좋은
말과 젊은 기수들이 항
상 준비하고 있어서 곧
장 우편물을 이어받아
총알처럼 달렸대.

노빈손도 끙끙거리며 풀려고 해봤지만 요지부동이었다.

"큰일이다, 약이라도 올리지 말걸. 잡히면 정말 끝장인데."

이제 죽은 목숨이라며 기도하는 사람, 우는 사람, 어서 분리하라고 고함치는 사람 등등 가뜩이나 출근길 지하철처럼 복잡한 열차 안은 난리도 아니었다.

"할 수 없지."

노빈손은 다시 건너편 칸으로 건너갔다.

"아저씨, 양쪽에서 같이 해봐요."

"좋아."

끄으으응.

노빈손은 얼굴이 빨갛게 되고 방귀까지 뿡뿡거리며 팔이 늘어날 정도로 있는 힘껏 고리를 당겼다. 젖 먹던 힘까지 내는 건 클린트도 마찬가지였다.

끼이이잉 콰앙.

드디어 고리가 풀어지고 마지막 칸이 조금씩 멀어져 갔다.

"얏호―. 성공이야! 허거걱. 빈손아, 뒤를 봐."

언제 왔는지 부치가 노빈손을 향해 달려들고 있었다.

빈손은 있는 힘껏 몸을 날려 클린트에게로 손을 뻗었다.

부웅~.

그러나 몸이 나는 것과 동시에 무엇인가가 터억 하고 다리에 감기는가 싶더니 있는 힘껏 끌어당기고 있었다.

"내가 순순히 보내 줄 것 같으냐?"

돌아보니 부치가 변기처럼 하얀 이를 드러내며 빈손의 다
리를 잡고 으르렁대고 있었다.

클린트와 빈손이 맞잡은 손이 아슬아슬해 보였다.

덜컹덜컹 덜컹덜컹.

"클린트 아저씨! 전 안 될 것 같아요."

"빈손아, 힘을 내."

"이러다 아저씨까지 위험해지겠어요. 아저씨, 제 손을 놓으세요."

"하지만… 빈손아."

"전 괜찮아요. 걱정 마세요."

노빈손의 손을 놓자니 클린트는 눈물인지 콧물인지 모를 것이 앞을 가렸다. 겁에 질려 도망갈 궁리만 한 자신의 모습을 생각하면 누가 명예 보안관이고 누가 진짜 보안관인지 알 수가 없었다. 클린트는 부끄러워서 고개를 들 수 없었다.

"흑흑~ 빈손아, 어떻게든 살아남아야 해. 꼭이다. 다음엔 내가 너를 도와줄 수 있게 말이다. 알았지?"

"네, 아저씨. 그런데 아저씨, 팔 빠지겠어유~~."

클린트는 어렵게 노빈손의 손을 놓았고, 마지막 열차 칸은 그렇게 그렇게 노빈손에게서 멀어져 갔다.

서부야, 잠에서 깨어나라!
칙칙폭폭~

웰컴 투 U.S.A.
어때, 가슴이 두근두근 하지?

열차 출발합니다. 안전선 밖으로 물러나 주시기 바랍니다. 뿌우뿌우~.

드디어 열차가 출발하는군. 말도 많고 탈도 많은 서부를 지날 때면 바짝 긴장하게 돼서 손에 땀이 다 난다니까.

그래도 넓은 대륙을 오가는 데 철도만한 교통수단이 어디 있겠어? 말이 끄는 역마차에 비하면 철도는 그야말로 획기적인 교통수단이지. 도시가 생겨나고 국토가 골고루 발전하기 위해선 교통의 발전이 필수인 거 알지? 1862년 7월 1일 에이브러햄 링컨 대통령이 태평양 철도 법안에 서명을 하면서 아메리카를 횡단하는 2,400킬로미터 길이의 선로를 놓는 작업이 동쪽과 서쪽 끝에서 시작되었어. 유니언 퍼시픽 철도회사는 네브래스카 주의 오하마에서 서쪽으로, 센트럴 퍼시픽 철도회사는 캘리포니아 주의 새크라멘토에서 동쪽으로 철로를 깔았고 1869년 5월 10일 드디어 유타 주의 프로몬토리에서 만나서 아메리카 횡단열차가 완성되었지.

아메리카 횡단열차 덕에 더 많은 사람들과 물자들이 서부로 이동할 수 있었어. 대륙횡단 열차는 시속 40킬로미터였고 오하마에서 새크라멘토까지 10~12일 정도 걸렸어.

대륙횡단 열차 이후에 많은 노선들이 생겨나면서 미국은 하루가 다르게 발전하기 시작했지. 대륙횡단 열차에 대해 더 알고 싶다고? 누가 노빈손 친구 아니랄까 봐 호기심 많기는. 그럼 아메리카 횡단열차에 대해 좀더 살펴볼까?

기관차 ▶ 증기기관에서 구동력을 얻어 움직임. 쉴 새 없이 나무 장작, 석탄 등의 연료를 넣어 줘야 함.

연료 ▶ 정차역마다 멈춰서 보충해 줘야 함.

굴뚝 ▶ 석탄을 연료로 쓰면 일직선, 나무장작을 연료로 쓰면 둥근(깔대기) 모양임, 초기 기관차는 연기를 심하게 뿜어 승객들의 얼굴을 온통 검댕이를 뒤집어쓴 꼴로 만들었음. 불똥으로 옷에 구멍이 나도 변상 안 함.

종 ▶ 소 몰아내기 용, 큰소리가 날수록 굿~.

빗자루 ▶ 메뚜기 떼 청소용, 그 밖에 이물질 청소 도구.

우편차 ▶ 우편물 자루를 역마다 떨어뜨리고 들여오는 칸.

일반실 ▶ 길다란 좌석은 불편해서 허리, 엉덩이, 무릎에 통증을 유발할 수 있음. 이후 벨벳으로 의자를 감싸고 화려하게 장식한 열차도 등장함. 후에 등장한 침대칸은 두 발 쭈욱 펴고 자는 게 가능해져 장거리 여행자들에게 큰 인기를 얻음.

식당차 ▶ 초기에 식당차는 아예 없었음. 버너를 가져와 직접 요리하거나 열차가 정차한 15분 동안 후다닥 끼니를 해결해야 했음. 이후 요리사가 있는 식당차 등장.

흑인 전용칸 ▶ 열차에서 제일 지저분한 곳임.

철로 ▶ 철도를 만드는 데 1만 1천 명 이상의 중국인 노동자가 투입됨.

전봇대, 전신선 ▶ 일명 말하는 선. 열차에서 일어나는 크고 작은 일들을 전신으로 보고하고 통제하는 역할을 함.

남북전쟁 당시의 기차

BANG!
BANG!
3

철로 위에서 만난 램프의 요정

부치 일당은 노빈손과 허크를 꽁꽁 묶어 철로에 내버렸다.

"재롱둥이 귀염둥이 막내둥이를 보낸 것으로도 모자라 대열차 강도로 다시 태어나려는 우리의 꿈을 산산이 짓밟아? 그러고도 네가 콧구멍으로 숨을 쉴 줄 알았냐? 파리처럼 다리를 비비며 용서를 구해도 시원찮은데 거기다 승객들까지 빼돌리고, 쉬이트~ 혈압이야. 다시 돌아올 때쯤이면 너희들은 먹다 버린 쥐포처럼 납작해져 있을 거다. 이 부치님을 건드리면 어떻게 되는지 좋은 본보기가 되겠지. 어디 이번에도 머리를 써서 빠져나가 보시지."

"저기요…."

잔뜩 겁에 질린 허크는 부치에게 모기만한 소리로 이의를 제기했다.

"전 아무 짓도 안 했는데 왜 함께 죽어야 하나요?"

"그걸 말이라고 해? 금고에다 빤스를 넣고 다니질 않나, 다른 승객들은 무서워서 대피다 뭐다 난리가 났는데 한쪽에서 졸고 있질 않나. 무엇보다 지금 이 순간에도 웃고 있는 너를 참을 수 없어. 저승 가는 길에 동무라도 있으면 좋잖아? 나 의외로 정이 많거든. 문어머리, 잘 가라, 퉤."

질겅거리던 성냥개비를 뱉어 버리고 일당은 자리를 떴다.

오늘따라 보기 드물게 날씨가 쾌청했다. 눈부시게 비치는 햇빛 사이로 어디선가 날아온 메뚜기가 따닥따닥 날개를 부딪치고 있었다.

철로에 묶여 있는 이 상황에도 세상은 어김없이, 그것도 너무나 잘 돌아가고 있는 것처럼 보였다.

"형, 형이라고 불러도 되지? 저기 구름 좀 봐. 꼭 카푸치노 거품 같아. 그치?"

금방이라도 뚝뚝 떨어질 것 같은 주근깨 투성이의 허크는 입을 헤벌쭉 벌렸다.

"언제 열차에 치여 죽을지도 모르는 상황인데 지금 구름이 눈에 들어오니?"

"형은 참. 카르페 디엠도 몰라? 지금을 즐기라잖아."

"헉! 나도 긍정적인 걸로 치자면 둘째 하랄까 봐 겁나는데 넌 진짜 심하다. 어떻게 매순간 그렇게 즐겁냐?"

노빈손은 허크의 초 긍정적인 태도가 좀처럼 이해되지 않았다.

"걱정한다고 뭐가 달라지나? 어려서 집 나와서 이 고생 저 고생 안 해본 게 없는데 괜히 걱정하고 비관적으로 생각해 봤자, 좋을 게 없더라고. 그래서 매사에 즐겁게 살려고 노력하지. 헤헤."

허크의 늘 웃는 표정은 세상을 긍정적으로 살아내겠다는 다짐과 의지의 결과였던 것이다.

"조금만 더 하면 풀릴 것도 같은데…"

카르페 디엠
카르페 디엠은 라틴어로 '현재를 잡아라'라는 뜻이야. 영화 〈죽은 시인의 사회〉에 등장한 이후로 널리 유명해진 말이지. 키팅 선생님은 공부에 허덕이는 학생들에게 이 말을 들려주면서 정말 중요한 건 지금 이 순간이라고 새롭게 일깨워 주었어.

노빈손은 밧줄을 풀기 위해 열심히 손도 엇갈려 보고 발도 버둥거려 봤지만 매듭은 더 강하게 옥죄여 왔다.

끙끙—.

"풀릴 것 같으면서도 잘 안 되네. 오마나!"

땀을 흘리며 밧줄을 풀려고 꼼지락거리던 빈손은 깜짝 놀랐다. 얼마 떨어지지 않은 철로 위에 웬 흑인 남자가 온몸이 꽁꽁 묶인 채 빈손을 바라보고 있었기 때문이다.

차력하는 사람처럼 기합까지 넣어 가며 밧줄을 풀려고 애쓰는 빈손과 달리 남자는 모든 걸 체념한 듯 멍한 얼굴이었다.

"꽁꽁 묶여 철로에 누워 있는 게 유행인가? 아저씬 누구세요?"

남자는 대답 대신 노빈손의 얼굴을 빤히 쳐다봤다.

"주인님!"

헉—.

빈손은 자신의 두 귀를 의심했다.

"주인님이라뇨? 혹시 램프의 요정 지니세요?"

"전 지씨가 아니라 킴씨, 마틴 루터 킴씬데요."

"그럼 어쩌다 그렇게 되셨나요?"

"목화밭 일이 너무 힘들어 도망쳤다가 주인한테 들켜서 이 모양이 됐습죠. 이제 노예근성이 몸에 배서 주인 없는 삶은 상상하기도 힘들어요. 나의 주인님이 돼 주세요."

"주인이라뇨? 듣기만 해도 부담스러워요."

입술이 부르트고 발도 갈라져 있고 몸 여기저기가 상처투성이인 걸로 보아 이곳에 오기 전까지 많은 고초를 당한 듯했다. 극구 사양했지만 킴씨 아저씨는 노빈손을 주인으로 모시기로 결심한 것 같았다.

"아무리 도망치려고 했다지만 철로에 버리다니 너무했다."

"신경 쓰지 마세요. 죽기 전에 새 주인을 만난 게 다행인걸요. 이제 편하게 저 세상에 갈 수 있겠어요. 저 세상엔 또 어떤 주인이 있으려나."

"죽긴 누가 죽어요."

킴씨 아저씨는 이미 죽는 것을 당연하게 받아들이고 있었다.

"아저씨, 이럴 때일수록 힘을 내야죠. 아직 열차 오는 소리

도 안 들리는데, 조금 더 연구해 보면 여기서 벗어날 수 있지 않겠어요?"

노빈손의 굳은 의지는 허크의 한마디에 와르르 무너졌다.

"형, 열차 오는 소리가 들려."

으헉.

칙칙 폭폭 칙칙 폭폭 칙칙 폭폭.

정말이었다.

"으아아앙. 말숙아, 무서워."

"형, 어떻게 좀 해봐."

"내가 무슨 해리포터냐? 손발 다 묶였는데 어쩌라고. 어이고 노빈손 살려. 이 나이에 이 외모에 죽기엔 너무 이르다고~. 이 순간에도 웃고 있다니 넌 정말 겁이 없구나."

"나 지금 울고 있는 거야. 숟가락, 숟가락 어디 있지? 숟가락을 꼭 끌어안고 있으면 무서움이 가시는데…."

"이 순간에도 배가 고프냐? 숟가락 타령은."

"내 건 그냥 숟가락이 아냐. 용기를 주는 숟가락이라고."

칙칙 폭폭 칙칙 폭폭—.

열차 소리는 아주 조금씩 가까워지고 있었다.

"주인님, 이걸 나중에 말씀드려야 할지 지금 말씀드려야 할지…. 아니, 아닙니다. 신경 쓰지 마세요."

김씨 아저씨는 말을 할지 말지 망설이고 있었다.

"아저씨, 그렇게 말씀하시면 궁금해서 무지 신경 쓰이거든요. 지금 상황에 나중이 어디 있어요? 뭔데 그래요? 네?"

"늑대가 나타났어요."

킴씨 아저씨가 턱으로 가리키는 곳을 보니 흰 늑대가 어슬 렁거리고 있었다. 마치 철로 위에 묶인 세 사람을 보고 입맛을 다시고 있는 것처럼 보였다.

"커어어억. 늑대, 진짜 늑대잖아. 훠이— 훠이— 저리 가. 나처럼 완벽한 남자는 맛이 없는 법이라고. 열차도 모자라서 늑대까지. 신이시여, 저를 버리시나이깝쇼?"

엎친 데 덮친 격이라더니, 한쪽에는 달리는 열차, 한쪽에는 굶주린 늑대라. 가뜩이나 온몸이 꽁꽁 묶여 꼼짝할 수가 없는데 상황은 정말 이들을 옴짝달싹 못하게 조여 왔다.

"긍정적으로 생각해, 형. 차라리 잘된 건지도 몰라. 열차가 오기 전에 저 늑대가 우릴 먹어 치우면 적어도 열차에 치여 죽을 일은 없지 않겠어?"

"허크, 그런 공포스러운 얘기를 그렇게 웃으면서 하니까 납량 특집이 따로 없는 거 알지?"

"내가 원래 웃는 얼굴이라니까."

"하느님 부처님 천지신명님, 잘생긴 절 굽어 살펴 주시면 안 될까요? 살려 줘유~."

"나도 주인님 따라 기도나 해볼까? 신이시여, 절 살려만 주신다면…. 그동안 시키는 것만 했지, 너무 생각 없이 살아서 뭐라고 할 말이 없네. 쩝—."

남부와 북부의 치열한 전쟁
남북전쟁은 미국 남부와 북부 사이에서 벌어진 내전이야. 1860년 대통령에 당선된 링컨은 연방을 하나로 묶고 노예제가 새로운 주로 확산되는 것을 막고 싶어 했어. 남북전쟁 동안 60만 명이 넘는 미국인이 목숨을 잃었는데 이것은 그 이전이나 이후의 다른 전쟁에서 죽은 미국인의 숫자보다 더 많은 숫자야. 이 전쟁에서 남부가 패배해 미국 전역에 노예제가 폐지되고 합중국 연방이 부활했어.

킴씨 아저씨는 끝말을 잇지 못했다.

"숟가락아, 날 지켜다오~!"

공포에 질린 허크의 동공이 커지고 있었다.

뿌우뿌우 폭폭폭폭 딸랑딸랑딸랑.

열차는 아까보다 더 가까워졌다. 그리고 늑대의 움직임도 더 빨라졌다.

칙칙폭폭 칙칙폭폭-.

기차 소리 요란해도 잠만 잘 잔다는 동요는 거짓말일 것이다. 기차 소리가 이렇게 천둥소리보다 더 큰데 어떻게 잠을 잘 수 있단 말인가. 아무리 손을 빼려 해도 결박은 점점 더 손목을 조여 왔고 버둥거려 봤지만 발까지 철로에 끼어 버려 전혀 옴짝달싹할 수 없었다.

칙칙폭폭 칙칙폭폭-.

이제 옆 사람의 말소리도 들리지 않았다. 고막을 찢을 듯이 요란한 소리를 내며 다가오는 기차, 그리고 반대편에서 쏜살같이 달려오는 늑대, 노빈손은 피 말리는 상황을 차마 똑바로 볼 수 없어 질끈 눈을 감아 버렸다.

"말숙아~ 어무이, 빈손 살류~."

칙칙칙 폭폭폭 빠앙-. 그렇게 기차는 노빈손이 있는 곳을 빠르게 통과해 지나가 버렸다.

모카신을 신은 여인, 포카 혼자스

팡 팡 팡—.

백색의 무대 위에 화려한 조명이 켜졌다.

손으로 빛을 가렸지만 눈이 부셔 앞을 볼 수가 없었다. 눈 부시도록 하얀 빛에 익숙해지자 게슴츠레 뜬 눈 사이로 희미했던 것들이 분명해지기 시작했다. 머리에 단 꽃, 화려한 의상, 요란한 화장들….

빰빰 빰빠빰빠 빰빰 빰빠빠빠빰.

음악들이 들려 오자 무희들이 캉캉춤을 추기 시작했다.

자세히 보니 무희 한 명의 얼굴이 스칼렛 오하마의 얼굴로도 말숙이의 얼굴로도 보였다. 물론 그 얼굴이 그 얼굴이지만.

"널 위해 준비했어!"

스칼렛 오하마가 아니 말숙이가 김이 모락모락 오르는 찐빵을 한가득 내왔다. 따끈따끈하고 맨질맨질한 것이 한눈에 봐도 먹음직스럽게 생긴 찐빵이었다. 빈손은 침을 꿀떡 삼키고 한 입 크게 베어 물었다.

말숙이의 얼굴에 묘한 웃음이 서렸다.

뭔가 잘못됐다는 걸 알았지만 너무 늦었다.

"까오오!! 내 이빨~~~!"

노빈손은 앞니를 부여잡고 폴짝 뛰어오르다가 이내 데굴데굴 굴렀다.

포카혼타스의 신발
모카신은 북아메리카 인디언이 사슴 가죽으로 만든 신발에서 유래했어. 굽이 거의 없고 밑창의 일부가 구두 앞 부분까지 올라와 앞부분을 U자형으로 둘러가며 실로 꿰맨 신발로, 발을 편안하게 감싸 주며 부드럽고 유연해. 유행은 돌고 도는 거라고 얼마 전 우리나라에서 모카신이 대유행하기도 했어.

눈을 번쩍 뜨니 뜨거운 돌덩이들이 놓인 움막 안이었다. 뜨거운 돌을 찐빵이라고 베어 물었으니 이가 나가지 않은 게 다행이었다.

"휴~ 꿈이었구나. 말숙이는 꿈에서조차 날 골탕 먹인다니까. 근데 여긴 어디지? 여기에 얼음동동 식혜만 있으면 딱 우리 동네 찜질방인데. 어—, 뜨끈뜨끈하다."

뜨거운 움막 밖으로 나오자 킴씨 아저씨와 허크가 인디언 여인과 함께 앉아 있는 것이 보였다.

"아줌마는 누구세요?"

"애가, 애가 아줌마라니? 놀랬을까 봐 땀집 만들어서 한증막 찜질까지 해줬더니. 아직 정신 덜 차렸냐? 아줌마는 누가 아줌마야? 나 이래 봬도 미스야, 미스!"

인디언 여인은 펄쩍 뛰며 자신이 미스라는 것을 재차 강조했다.

"아, 실수! 그럼 다시, 아가씬 누구세요?"

아줌마라는 말에 심통 난 여인은 뽀로통해진 입으로 짧게 이름만 말했다.

"포카 혼자스."

"미스 포가 아니었으면 우린 저 세상 사람이 됐을 텐데, 주인님이 실수하셨네요. 우리한테 다가오던 늑대가 바로 미스 포였지 않겠습니까."

"그 하얀 늑대가요? 그럼 누나가 보름달만 뜨면 늑대로 변

한다는 그 늑대인간이란 말예요?"

포카 혼자스는 기가 막히다는 얼굴이었다.

"내가 어딜 봐서 늑대인간이니? 인디언들은 머리부터 꼬리까지 늑대 가죽을 뒤집어쓰고 들소 사냥을 한다고. 들소 사냥 나갔다가 구해 줬더니…. 뭐? 늑대인간?"

"누나가 구워 준 말린 고기 너무 맛있어. 스프도 맛있고, 형도 어서 먹어 봐. 근데 아저씨는 왜 서서 드세요?"

"난 원래 서 있는 게 좋아. 불편하게 지내는 게 습관이 돼서 괜찮아. 신경 쓰지 마."

여전히 웃는 얼굴의 허크는 늘 품고 다니는 숟가락으로 음식을 게걸스럽게 떠먹고 있었다.

"헤헤, 제가 원래 보는 눈이 없다는 소릴 많이 들어요. 그러고 보니 너무 아름다우십니다. 거기다 최강 동안으로 보이는 이 얼굴. 누나 나이가 어떻게 되세요? 스물하나, 스물둘?"

"호호호. 이제야 제정신으로 돌아왔나 보구나. 내가 그렇게 어려 보여? 시집만 일찍 갔어도 손자가 너랑 동갑일 거다, 애."

어려 보인다는 한마디에 포카 혼자스의 화는 눈 녹듯 사라졌고 노빈손의 밥그릇은 금세 허크와 킴씨 아저씨의 것보다 수북해졌다.

"그런데 왜 철로 위에 그렇게 묶여 있었던 거야?"

"사람을 찾고 있는 중인데 중간에 열차 강도를 만났어요. 어서 빨리 벼랑 끝 녹색 탁자를 찾아야 하는데…."

노빈손은 스미스 아저씨를 애타게 기다리고 있을 아줌마가 떠올라 절로 한숨이 나왔다.

무슨 일인지 궁금해하는 모두에게 노빈손은 그간의 일들을 털어놓았다.

"그랬구나. 그 글대로라면 벼랑 끝 녹색 탁자는 그리 멀지 않은 곳에 있을 거 같아. 콜로라도 강물이 붉은색이거든."

"얏호! 정말이에요! 신이시여, 절 안 버리셨군요!"

긴 장마 뒤에 나온 태양처럼 노빈손의 마음에도 햇빛이 쫘악 비치는 느낌이었다.

"벼랑 끝 녹색 탁자라… 벼랑 끝에 가구집이라도 있다는 애긴가? 난 잘 모르겠고 그런 거라면 우리 추장님이 알지도 모르는데."

"추장님이요?"

"응. 아파찌 추장님은 마을의 우두머리인 동시에 가장 존경받는 분이니까, 설사 답을 모르신다고 해도 뭔가 도움을 주실 수 있을 거야."

노빈손은 지푸라기라도 잡는 심정으로 포카 혼자스를 따라가 보기로 하였다.

"빈손이 넌 저 자루 좀 들어 줘. 난 그것 말고도 들고 갈 게 많아서 말이야."

포카 혼자스가 모카신 끈을 졸라매는 동안 노빈손은 한쪽에 있는 제법 묵직한 자루를 등에 짊어졌다.

"뭔데 이렇게 무겁지? 꿈틀거리기까지 하는데요? 토끼라도 잡았어요?"

"아니."

"그럼 멧돼지?"

"아니."

"그럼?"

"뱀."

"오마나! 빈손이 살류~."

노빈손은 자루를 내던지고 킴씨 아저씨 품으로 달려들었다.

고스트댄스
고향 땅을 되찾을 수 있고, 죽은 가족과 친구들을 부활시킬 수 있다는 희망을 품은 수많은 아메리카 원주민들은 고스트댄스의 위력을 믿었어. 배고파 탈진해서 쓰러질 때까지 춤을 추면 기적이 일어난다는 고스트댄스를 추며 싸움에서 승리하길 기도했어. 하지만 아무리 춤을 춰도 기적은 일어나지 않았고 그들의 마지막 희망도 사라졌어.

"뱀이래 뱀! 어우 징그러워."

커다란 아나콘다가 몸을 감고 지나가기라도 하는 것처럼 노빈손은 몸을 부르르 떨며 진저리를 쳤다.

자루를 놓치자 쏟아져 나온 뱀들을 포카 혼자스가 재빨리 주워 담았다. 노련한 사냥꾼답게 뱀의 머리를 쥐고 신속하고 재빠르게 자루에 집어넣고 입구를 틀어쥐었다.

"멍청이! 이 뱀이 얼마나 귀한 거라고. 이건 기우제를 지내는 데 쓸 거란 말이야."

"기우제를 지내는 데 뱀이 필요해요?"

"뱀의 지그재그 모양이 비를 부르는 벼락을 연상하게 하잖아. 몇 주째 가뭄이거든. 이 뱀이 우리 부족에게 비를 가져다 줄 거야."

"에이, 그런 게 어디 있어요? 뱀한테 비를 내려 달라고 해서 비가 올 리 없잖아요. 너무 바보 같다."

평소 갈고닦아 왔던 과학 상식을 이 기회에 뽐내 보려고 목에 막 힘을 주려는데 포카 혼자스가 발끈했다.

"뭐 바보? 칫! 너야말로 바보야. 기우제는 우리가 얼마나 비를 바라는지를 하늘에 알리는 기도 같은 거야. 기우제를 지낸다고 바로 비가 오지 않는다는 것쯤은 우리도 알아. 하지만 언젠가 비가 내리리라는 걸 우린 알고 있어. 간절히 원하면 이뤄진다고 하잖아. 비를 바라는 마음으로 기도를 드리는 거, 그게 우리의 기우제라고."

포카 혼자스의 말에 노빈손은 할 말이 없어졌다. 맞는 말이었다. 어떤 문화든 그 사람들만의 특별한 의미를 담고 있다는 걸 여행을 통해서 누구보다도 잘 알고 있는 빈손이었는데 이런 실수를 하다니.

미안한 마음에 다시 뱀 자루를 짊어졌다.

쓰으윽 쓰으윽.

자루 속에서는 뱀들끼리 단체로 캉캉춤을 추는지 요상한 소리가 들려 왔지만 노빈손은 꾹 참고 추장이 살고 있다는 티피까지 들고 갔다. 그런 빈손이 기특했는지 포카 혼자스의 마음은 훨씬 누그러져 있었다.

"기우제가 끝나면 뱀들은 어떻게 해요?"

"다시 사막에 풀어 주지. 사람들은 기우제를 보고 잔인하다고 하지만 뭘 모르는 소리야. 멀리서 보면 뱀들에게 못할 짓을 하고 있는 것처럼 보이지만 사실 뱀들에게는 일절 해를 입히지 않는다고. 자, 여기야."

포카 혼자스가 멈춘 곳은 다른 티피들과는 조금 떨어진 곳에 있는, 크고 화려한 무늬가 그려진 티피 앞이었다. 티피 옆에 널어놓은 줄에는 식량으로 쓰일 고기들이 꾸덕꾸덕하게 말라 가고 있었고 무두질한 가죽이 바람에 흔들리고 있었다.

"날씨가 좋아서 고기가 잘 마르겠어요. 우리나라에서도 호박고지나 무말랭이를 이렇게 걸어 놓는데…."

"그래? 한번 먹어 보고 싶다. 우린 주로 사냥한 고기를 말

물소 가죽으로 만든 집
북아메리카 인디언이면 모두 티피를 사용했을 거라고 생각하지만 티피는 평원에 사는 원주민들만 사용했어. 거꾸로 엮은 깔때기 모양을 한 티피는 20~30개의 나무 버팀목 위에 물소 가죽을 씌우고 팽팽히 잡아 당겨 만들었어. 꼭대기는 평소에는 연기가 빠져나갈 수 있도록 터놓았다가 비올 때는 막을 수 있게 만들었지. 이동할 때는 손쉽게 접어서 말을 이용해 운반하면 됐어. 정말 편했겠지?

리는데 이건 버펄로 고기야. 무분별한 사냥 때문에 요즘은 버펄로 보기가 하늘의 별 따기야. 귀중한 식량이었는데.”

포카 혼자스의 말에 노빈손은 말문이 막혔다. 열차에서 재미삼아 사냥하는 사람들과 식량으로 쓰일 고기가 줄어서 걱정하는 사람의 얼굴이 겹치자 입 안에 쓴 침이 고였다.

“여기가 추장님이 계신 곳이야.”

독수리 깃털로 된 머리장식을 한, 머리가 길고 흰머리가 성성한 아파찌 추장은 티피를 나서다가 노빈손 일행을 보고 귀신이라도 본 듯이 적의를 드러냈다.

“우리를 보호구역까지 쫓아낸 것도 모자라 또 여기까지 따라왔냐. 또다시 눈물의 행로를 지나라는 말은 아니겠지? 기껏 감자 키우는 방법도 알려 주고 물 찾는 법도 알려 줬더니 은혜를 원수로 갚아?”

아파찌 추장은 지팡이를 휘둘러 댔다.

“그렇지 않아, 아빠. 이들은 내 친구야. 위험에 빠진 사람을 구해 주러 나선 착한 아이들이라고요.”

포카 혼자스가 흥분한 추장을 껴안고 다독였다. 고고해 보이는 포카 혼자스는 수우 족 추장의 딸이었던 것이다. 아파찌 추장은 늙고 기력이 없었으나 한 시대를 풍미한 사람에게서 느껴지는 세월의 훈장 같은 것이 어려 있었다.

“추장님, 깃털 장식이 너무 멋있어요. 근데 무겁지 않으세요?”

대답 대신 꿀밤이 날아왔다.

"내가 묻고 싶은 말이다. 넌 그 큰 머리를 들고 다니기 무겁지 않으냐?"

"아니, 그게 아니라 걱정돼서 그런 건데…."

노빈손은 눈물까지 찔끔거리며 머리를 어루만졌다.

"빈손아, 니가 이해해. 아빠는 눈물의 행로를 지난 이후로 많이 예민해지셨어. 전에는 정말 친절한 분이셨는데…."

포카 혼자스는 두 개의 긴 막대를 한데 묶어 만든 썰매(트러보이)를 대충 구석으로 밀어 놓고 노빈손 일행을 티피 안으로 들게 했다.

"아빠, 애들이 벼랑 끝에 있는 녹색 탁자를 찾고 있는데요, 혹시 어디 있는지 아세요?"

"녹색 탁자? 뒤늦게 공부 시작하려고? 하긴 늦었다고 생각할 때가 가장 빠른 때지."

"그런 거 아니거든요. 빨리요, 그런 거 말고 다른 녹색 탁자는 어디 있는지 모르세요?"

애가 타는 노빈손은 목소리가 점점 커졌다.

"아이고 시끄러워. 귀 안 먹었다 이것아, 조용조용 얘기해. 우리 인디언 속담에 속삭이는 소리를 들어라. 그러면 고함 소리를 듣지 않아도 될 것이다라는 말이 있지. 다 알아들었어, 인석아. 그런데 요즘 들어 그곳을 찾는 사람들이 왜 이리 많은 게야?"

추장마이 독수리 깃털로 만든 커다랗고 화려한 머리쓰개나 머리장식을 하는 건 아니야. 독수리를 잡을 수 있을 만큼 용감한 사냥꾼이라면 누구라도 독수리 깃털로 만든 머리장식을 할 수 있었어. 하지만 훌륭한 전사와 추장 중에서도 단순한 장식을 선호하는 소박한 사람도 많이 있었어.

“또 찾아온 사람이 있었다구요? 그게 누군데요?”

“이름은 잘 모르겠고 피부색이 검은 남자였지.”

“아! 스미스 아저씨가 아닐까. 그 아저씨는 어디로 가셨나요? 아니 그 녹색 탁자가 있는 곳이 어디예요?”

아파찌 추장은 대답 대신 낮은 언덕을 가리켰다.

“그냥은 못 가르쳐 주고. 저기 저 언덕에 말 보이냐? 얼마 전부터 이곳에 나타나기 시작한 야생마인데 네가 만약 저 말을 타고 이십 초 아니 십 초만이라도 버티면 내가 그곳을 알려 주지.”

“그냥 가르쳐 주시면 안 돼요?”

“안 되지, 안 돼. 그곳이 어디인지 정 알고 싶다면 마음을 보여 줘라. 그러면 내가 대답을 해주지.”

한눈에 봐도 거칠고 사람 손을 탄 적 없는 야생 그대로의 명마였다. 자유로이 들판을 뛰어다녔을 다리에는 단단하고도 균형 잡힌 근육들이 자리 잡고 있었고 눈썹은 전설에 나오는 유니콘만큼이나 신비스럽고 힘차 보였다. 그 발에 깔렸다간 적어도 전치 10주는 나올 것 같았다.

“겁나지? 그럼 돌아가.”

“여기서 물러나면 제 이름이 노빈손이 아니죠.”

노빈손은 힘있게 주먹을 움켜쥐었다.

리틀빅혼 전투
1876년 6월 지금의 몬태나 주 리틀빅혼 카운티에서 원주민 연합과 미국 육군 7기병 연대 간에 전투가 벌어졌어. 이 전투는 미국 아메리카 원주민 전쟁사에서 가장 유명한 전투이자 부족 단위로 분열되어 있던 아메리카 원주민이 연합해서 미국에 대항하여 가장 큰 승리를 거둔 기념비적인 전투야.

내 슬픔을 등에 짊어지고 가는 자

"형, 로데오 본 적 있어? 정말 할 수 있겠어?"

"로데오는커녕 로미오도 못 봤지만 어쨌든 말에 매달려서 안 떨어지면 되는 거잖아. 녹색 탁자가 있는 곳을 알려 주신다는 데 일단 해봐야지, 뭐."

"주인님, 그러다 뼈도 못 추린 사람 여럿 봤습니다."

걱정스런 눈길로 바라보는 킴씨 아저씨와 허크를 뒤로하고 빈손은 말에 올라타기 위해 몸을 풀었다.

"아빠, 꼭 이렇게까지 해야 해?"

"싫으면 하지 말든가."

"아니요, 할래요."

포카 혼자스도 노빈손을 말렸다.

"빈손아, 너무 위험해. 그러다 말에 깔리기라도 하면 어쩌려고. 그만둬. 내가 아빠를 설득해 볼게."

"이 수우 족 추장의 말을 누가 거역한단 말이냐."

아파찌 추장은 요지부동이었다.

"누나, 해볼래요. 여기까지 왔는데 안 해 보고 포기할 수는 없잖아요."

노빈손의 결심이 너무나 확고하자 포카 혼자스도 손을 들었다.

"할 수 없지. 대신 조심해야 한다. 노빈손, 호예~."

"깜짝이야, 오예~도 아니고 호예는 또 뭐예요?"

"이렇게 소리치면 두려움이 저만치 물러가거든."

"그럼 나도 호예~."

호기롭게 호예를 외치고 나니 정말 두려움이 가셨다. 빈손은 손바닥에 침을 뱉고 비빈 다음 말에게로 한발 한발 다가갔다. 가까이 접근했는데도 말은 별다른 경계심을 드러내지 않았다. 아니 오히려 자신을 기다리고 있었을지도 모른다는 생각마저 들게 했다. 아서 왕을 기다리던 엑스칼리버처럼, 이몽룡을 기다리던 춘향이처럼 그렇게 자신이 찾아오기를 기다리고 있었을지도 모른다는 그런 느낌이 들었다.

어쩌면 내가 말에 올라탄 순간 말은 순식간에 순한 양처럼 될지도 모른다…. 모른다, 모른다, 웬걸 착각이었다!

빈손은 말에 올라탄 순간 허리케인에 휘날리는 태극기처럼 펄럭거렸다. 올라갔다 내려갔다 오른쪽 왼쪽 위로 아래로…. 세탁기 물살에 휩쓸려 다니는 빨래처럼, 고장 난 롤러코스터처럼…. 세상이 요지경으로 보였다.

"어무이—, 빈손 살류~."

카우보이 모자가 휙 날아가고 그나마 네 가닥밖에 안 남은 머리카락이 이리저리 날리고 바지 엉덩이 부분이

터지고 예상대로 노빈손은 저만치 나가떨어졌다. 사람들이 노빈손에게로 달려왔다. 아파찌 추장이 노빈손을 일으켰다.

"괜찮냐? 아팠지?"

"형, 바지 찢어졌어."

"켁―."

노빈손은 엉거주춤 손바닥으로 엉덩이를 가렸다.

"그래도 대단한데! 저 녀석 처음엔 내 엉덩이도 못 붙이게 했는데. 처음 탄 너를 그 정도 태워 주다니. 녀석이 네가 마음에 들었나 보다."

그러고 보니 다른 때 같으면 도망가 있을 야생마가 저만치서 빈손의 얼굴을 물끄러미 보고 있었다.

"후훗, 동물에게도 외모를 인정받다니. 이젠 잘생겼다는 얘기도 식상한 거 있죠?"

"한번 띄워 줬더니 으스대기는. 아무튼 덕분에 오랜만에 실컷 웃었다."

어이없어하던 아파찌 추장은 다시 한 번 호탕하게 웃었다.

"이제 가르쳐 주실 거죠? 그 벼랑 끝에 있는 녹색 탁자 말이에요."

"가르쳐 줄까 말까?"

"에? 거짓말하신 거예요? 추장님의 명예가 있지."

"고 녀석. 내 약점을 잘 아는군. 인디언에게 친구란 내 슬픔을 등에 지고 가는 자다. 너는 비록 2초도 못 버텼지만 친구를 구한다는 생각에 위험도 무릅쓰고 야생마에 올라탔다. 생긴 것도 자유분방하고 배짱도 두둑한 게 맘에 들었어. 그럼 어디 가 볼까."

"어딜요?"

"녹색 탁자가 있는 곳으로. 네가 찾는 사람이 어디 있는지는 모르겠지만 녹색 탁자가 보이는 곳까지 같이 가줄 수는 있지."

"와, 추장님 알고 보면 정말 화끈하시다니까."

옛 사람들의 삶의 터전
'녹색 탁자'
콜로라도 주 남쪽에 위치한 메사 베르데는 스페인어로 '녹색 탁자'라는 뜻이야. 이 일대는 반사막 평원지역이라 썰렁하기 그지없지만 물을 많이 필요로 하지 않는 피논소나무 주니퍼나무들이 자라고 있어 보기 좋은 녹색을 띠고 있어. 이곳은 아나사지 원주민들의 삶의 터전이었는데 아나사지란 나바호 원주민들의 말로 '옛 사람들'이라는 의미를 담고 있어.

발걸음도 가볍게 일행은 먼지 날리는 평원을 한참 가로질러 갔다. 얼마쯤 가자 땅이 쩌억 갈라져 벌어진 곳이 나왔다. 지그재그 갈라진 그 땅 밑으로 말 그대로 거대한 협곡이 모습을 드러냈다. 협곡 사이로 드러난 붉은 흙은 단순한 흙이 아닌, 켜켜이 쌓여 온 시간이자 자연의 힘을 나타내는 것 같았다.

"형! 저기 봐. 거대한 녹색 탁자야."

밑으로 불거져 나온 거대한 절벽이 탁자 모양 같았고, 위로는 녹색의 나무들이 자라고 있는 모습이 멀리서 보면 영락없는 녹색의 탁자였다. 그 아래를 자세히 보니 거대한 절벽 밑으로 흙집의 모습이 보였다.

"정말이네. 녹색 탁자가 저거였구나. 그런데 그 밑으로 보이는 건 집이에요?"

"빨리 가 봐요!"

"그래. 일명 절벽 궁전이라고도 하지. 여기도 인디언들이 살았던 곳이란다. 인디언들 모두 우리처럼 티피를 짓고 사는 것은 아냐. 어떤 사람들은 흙집을, 또 어떤 사람들은 이렇게 위장하기 좋게 절벽 밑에다 집을 만들어 놓고 살지."

"작은 아파트 같아요. 그런데 통로나 계단이 안 보이네요."

"적의 침입을 막기 위해서지. 이곳을 드나들 때는 사다리를 사용해야 해. 그 사람한테도 이곳까지만 알려 줬었다."

노빈손 일행과 포카 혼자스 그리고 아파찌 추장은 사다리

사다리 타고 들어가는 '절벽 궁전'

메사 베르데를 대표하는 명소인 '절벽 궁전'은 절벽을 이룬 커다란 바위 안쪽을 깊게 파 흙벽돌과 돌로 지은 반지하 형태의 공동주택이야. 이 절벽 주거지는 4층 구조로 방은 모두 217개이며 250여 명이 살았대. 이곳의 가장 큰 특징은 계단과 통로가 없다는 거야. 필요할 때마다 사다리를 꺼내서 썼다고 하니 안전했었는지는 모르겠지만 불편했을 거야.

를 이용해 2, 3층 높이의 건물로 들어섰다.

"와, 이 많은 방들 좀 봐. 하숙 쳐도 되겠는걸요."

인디언 유적지를 보고 하숙생 들일 생각을 하다니, 역시
초 긍정적인 허크다운 말이었다.

"무슨 방이 이렇게 많아요? 녹색 탁자의 숨 쉬는 방으로
오라고 했는데 거긴 어딜까요? 산소호흡기가 있는 방이나 산
소로 만든 방, 뭐 그런 건 없어요?"

"글쎄 나도 거기까지는 모르겠다."

"여긴 어디예요?"

노빈손이 들어가려는 방은 건물 꼭대기에 위치한 아담한
크기의 방으로 바닥에 작은 구멍이 뚫려 있었다.

“저건 뭐예요?”

“기도를 드리는 방인데…. 그러고 보니 저 구멍을 기도할 때 쓰는 숨구멍이라고 들은 것 같기도 하고.”

“앗! 그렇다면 벼랑 끝 녹색 탁자의 숨 쉬는 방. 딱 맞아떨어지잖아. 스미스 아저씨가 여기에 있었던 것이 틀림없어요.”

노빈손이 기쁜 마음에 안으로 후다닥 뛰어가려는데 아파찌 추장의 팔이 빈손을 낚아챘다.

“잠깐!”

“왜 그러세요?”

“바닥을 봐라.”

“바닥이 왜요?”

“저 발자국들을 봐. 이곳에서 다툼이 있었던 것 같구나. 발자국들이 여기 어지럽게 나 있고, 들어온 사람의 발자국 수보다 나간 사람의 발자국 수가 적어. 그리고 이 깊이를 봐. 발자국 깊이가 들어올 때보다 깊어진 걸 보면 한 사람을 여럿이 들고 나간 모양이야.”

아파찌 추장은 바닥에 있는 발자국들을 읽어 내고 있었다.

“와, 신기하다. 발자국을 보면 그게 보여요? 그럼 스미스 아저씨가 이곳으로 불러들인 누군가와 다툼을 벌이다 끌려 나갔다는 얘긴데. 안 돼!”

그러지 않으려고 해도 머릿속에 자꾸 끔찍한 장면들이 떠올랐다.

미국 최초의 세계문화유산
절벽의 움푹 들어간 곳에 집을 짓게 된 이유는 외적 방어에 유리했기 때문이라는 방어설과 외부 기온의 차가 심해서 온도차가 덜한 절벽 속으로 피했을 것이라는 기온차 설 등이 제기되고 있어. 1300년경 사람들이 이곳을 떠나게 된 이유는 인구는 느는데 농사는 잘 되지 않고, 나무도 계속 없어지고, 사냥할 동물도 적어지고, 24년간 계속되는 가뭄 때문이었대. 메사 베르데는 미국 최초의 국립공원이자 미국 최초의 세계문화유산이야.

좌절과 호들갑 사이를 왔다 갔다 하는 노빈손 일행과 달리 발자국을 주시하고 있던 아파찌 추장과 포카 혼자스는 나지막하게 얘기를 주고받았다.

"아빠, 석탄 가루예요."

"그래. 미세하긴 하지만 약간의 금가루도 섞여 있구나. 발자국 모양이 아직도 남아 있는 걸 보면 습기가 많은 곳에서 일하는 사람일 거다."

"맞아요, 금광. 여기서 조금 떨어진 곳에 있는 금광에서 온 사람들 같아요. 빈손아, 너 어울리지 않게 좌절하고 있을 거야? 그 아줌마한테 남편을 찾아 주기로 약속했다며."

포카 혼자스의 말에 빈손은 정신을 차렸다.

"맞아요. 이렇게 좌절하고 앉아 있는 건 내 스타일이 아니야. 태어날 아가를 위해서라도 기운을 내야지. 금광이라고 하셨죠? 좋았어. 이번엔 금광으로 가 보는 거야. 아저씨를 구하는 그 날까지 할 수 있는 건 다 해보는 거지, 뭐."

아파찌 추장이 다가와 노빈손의 어깨를 두드렸다.

"내가 역시 사람을 잘못 보진 않았구나. 날이 저물어 가니 오늘은 여기서 자고 내일 아침 날이 밝으면 떠나거라."

일행은 다시 포카 혼자스의 티피로 향했다. 돌아오는 길에 아파찌 추장이 노빈손에게 물었다.

"빈손아, 너는 한 번도 실패하지 않은 사람과 실패를 많이 하는 사람 중 누굴 더 존경하느냐?"

"당연히 한 번도 실패 안 한 사람이죠. 대단하다, 말만 들어도 존경스러운걸요."

"우리들은 한 번도 실패하지 않은 사람보다 실패하는 사람을 더 존경한단다."

"무슨 말씀이신지 잘 이해가 안 돼요."

"이해하라고 한 말 아니다. 그냥 그렇다는 거지. 그만 자거라."

어느새 해는 뉘엿뉘엇 지고 저 멀리 하늘의 별이 반짝이기 시작했다. 저 별도 내 별, 네 별도 내 별이라며 하늘의 별에다 침 발라 놨다고 우기던 말숙이의 얼굴이 아른거렸다.

지금쯤 말숙이는 뭐하고 있을까? 별사탕 먹으면서 뒹굴뒹굴 텔레비전을 보고 있으려나.

허크도 잠이 오지 않는지 입김을 불어 가며 숟가락을 반짝반짝하게 닦고 있었다.

"그 숟가락 말이야, 왜 그렇게 애지중지하는 거니?"

"아빠의 유일한 유품이야. 어렸을 때 돌아가셨는데 나한테 물려주신 거라고는 이 숟가락밖에 없어. 어디 가서 밥 굶지 말라고. 그 덕분에 밥은 굶지 않고 잘 살았지 뭐야. 이걸 만지작거리고 있으면 아빠가 곁에 계신 것 같아서 좋아."

항상 밝은 허크의 얼굴이 오늘은 왠지 슬퍼 보였다.

킴씨 아저씨는 아파찌 추장이 준 이불을 하나도 덮지 않고 맨 바닥에 새우처럼 등을 구부린 채로 잠을 청하고 있었다.

산사태가
나거나 말거나
금 사냥꾼들은 강바닥을 훑고 나면 바닥의 흙 속에 파묻혀 있는 금으로 눈을 돌렸어. 강의 흐름을 바꾼 다음 바닥을 파서 그 잔해물을 사금 채취통에 넣고 물을 흘려보내서 남는 금을 갖는 거야. 하지만 이 작업으로 언덕 전체가 황폐화되기도 하고 산사태가 나기도 했어.

"아저씨, 이불이 이렇게 넓은데 이 위에서 주무세요. 등 아
프지 않으세요?"

"찬 맨바닥에서 자는 게 습관이 돼서 괜찮습니다. 신경 쓰
지 마세요, 주인님."

이곳에서 잠을 청하고 있는 모두가 상처받고 아프고 남루
해진 가슴을 안고 누워 있는 것 같았다. 노빈손은 이들을 위해
해줄 것이 없는 자신이 저 하늘의 별만큼이나 작아 보였다.

"잠이 안 오니?"

"그냥요."

포카 혼자스도 뒤척거리는 걸 보니 잠이 오지 않는 모양이
었다.

킴씨 아저씨도 잠이 오지 않는지 나지막하게 노래를 흥얼
거렸다. 밤이 점점 깊어 가자 킴씨 아저씨의 노래는 더 슬프
게 들려 왔다. 노예 생활의 고달픔과 아픔이 느껴지는 노래
를 듣고 있자니 가사를 제대로 이해할 수 없었지만 슬픔이
그대로 전해져 숙연해졌다.

"너무 슬픈 노래예요."

"말로만 듣던 흑인 영가를 직접 들으니까 너무 슬프고도
멋있어요. 형, 그런데 말이야. 우리는 그 스미스 아저씨를 정
말 찾을 수 있을까?"

얼굴은 웃고 있었지만 허크의 목소리는 왠지 모르게 불안
해 보였다.

흑인들의 아픔을
노래한 흑인 영가
미국 흑인들이 노예시
대에 만들어낸 종교적
이고 민요조인 노래를
흑인 영가라고 해. 19세
기 초에 불리기 시작한
이 노래는 노예생활의
비참함과 그로부터 탈
출하고 싶은 소망을 애
절하게 호소하고 있어.
아프리카 특유의 멜로
디와 리듬으로 유럽 음
악에 영향을 주었는데
우리나라에도 1970년대
에 찬송가를 통해 많이
알려지고 불려졌어. 현
대화된 기독교의 흑인
영가를 블랙 가스펠송
이라고 해.

"음. 이젠 정말 위험해질 거 같아. 허크, 너는 집으로 돌아가고, 킴씨 아저씨도 내일 날이 밝으면 아저씨가 원하는 곳으로 떠나세요!"

노빈손은 단호하게 얘기했다.

"형, 그게 무슨 말이야! 우린 생사를 같이한 사이잖아. 딱히 갈 데도 없고, 또 아기에게 아빠를 찾아 주는 중요한 일인데 나도 함께하고 싶어."

"주인님, 저도요. 저야말로 훌륭한 주인님이 가시는 곳이면 어디든 따라가겠습니다."

노빈손은 잠시 고민에 빠졌다.

"좋아! 함께 스미스 아저씨를 찾아보자. 찾을 수도 있고 못 찾을 수도 있겠지. 중요한 건 지금 우리가 한 걸음씩이긴 하지만 조금씩 앞으로 가고 있다는 거야. 그러다 보면 반드시 스미스 아저씨를 만날 날이 올 거라고 난 믿어."

허크의 어깨 위에 포카 혼자스가 팔을 둘렀다.

"맞아. 빈손이의 말대로 스미스 씨를 만날 날이 올 거야. 모두 힘 내는 거다. 알겠지? 호예~!"

"호예~!"

모두의 외침이 밤하늘에 솟구쳐 올랐다.

말이 말하길,
'우린 특별해요'

농장에서나 목장에서나 말은 없어서는 안 될 특별하고 중요한 동물이었어. 인디언들이 말을 처음 발견한 건 16세기에 에스파냐 사람들이 미 대륙에 도착했을 때였어. 사람들 손에서 도망간 말들은 야생마가 되고 광활한 초원은 이들이 번식하기에 이상적인 장소였어. 야생의 말들은 잡히면 전문 조련사에 의해 사람을 태우는 말로 길들여지곤 했어.

매머드 사냥하러 아메리카까지 왔다! 호예~

내가 말이야, 요즘 우울증에 시달려서 기분이 말이 아니었는데 말이야, 노빈손이라는 녀석 덕분에 한참을 웃었지 뭐야. 친구를 구해 보겠다고 겁 없이 말에 훌쩍 올라서 로데오 경기를 펼치는데 이리저리 휘날리다가 철퍼덕 떨어져 바지까지 찢어지는 모습이라니. 푸하하하. 조금 무모해 보이긴 했지만 위험에 처한 사람을 구하겠다는 그 마음이 기특해서 머리라도 쓰다듬어 주고 싶더라고.

그건 그렇고 왜 우울증에 걸렸냐고? 인디언 보호구역에서 살고 있는 지금의 내 처지가 처량해서지. 나도 한때는 아메리카 대륙 전체를 내 집처럼 여기며 살았던 사람인데 좁은 땅덩어리에 묶여 있으려니 몸이 근질근질해. 내 화려했던 그 시절의 얘기 한번 들어 볼래? 호예~.

신대륙 발견? 그럼 그 전에 살던 사람은 모두 투명인간?!

아주 오래전 아메리카에 살았던 사람들은 거대한 털북숭이 매머드를 쫓아 시베리아에서 건너온 사람들이었다고 해. 그 이름도 어려운 방사성탄소연대측정법에 의하면 약 2만~3만 5천 년 전 시베리아에 살던 몽골 인종은 지금의 베링 해협을 건너서 알래스카에 도착했어. 바다를 어떻게 건넜냐고? 그때는 빙하기였거든. 빙하 속에 물이 너무 많이 차 있어 해수면이 많이 낮았던 시절이라 베링 해협을 건너올 수 있었던 거지. 이들은 따뜻한 남쪽으로 이동하면서 아메리카 대륙 전체로 퍼져 나갔어. 콜럼버스가 도착했을 때는 적어도 1,000~1,500만 명 정도가 살고 있었을 거라고 짐작하는 사람들도 있단다. 그러니 신대륙 발견이라는 말은 조금 머쓱하지 뭐야.

체로키 인디언

나 감동 받았어. 흑흑, 당신이 바로 챔피언~!

그때가 참 좋았지. 강에는 물고기가 가득했고 사냥할 동물들도 충분했고, 옥수수나 콩도 잘 자라 주고, 단풍나무 수액으로 설탕까지 만들어 먹으면서 겸허하게 자연과 어울리고 소박하게 살면서 부족한 것 없이 행복했어. 평원 부족들은 적을 죽이기보다는 적을 감동시켜 멀리 쫓아내는 것을 훌륭한 일이라고 여기면서 살았지. 그만큼 평화를 사랑했다는 말 아니겠어?

메사 베르데, 차코 캐니언 등지에 남아 있는 웅장한 절벽 가옥, 여러 층의 석조 건축물과 암벽화 등은 '아나사지'(옛사람)라고 불리는 아메리카 원주민의 조상들이 찬란하고 수준 높은 문화를 누리며 살았음을 짐작하게 해주는 문화유산이야.

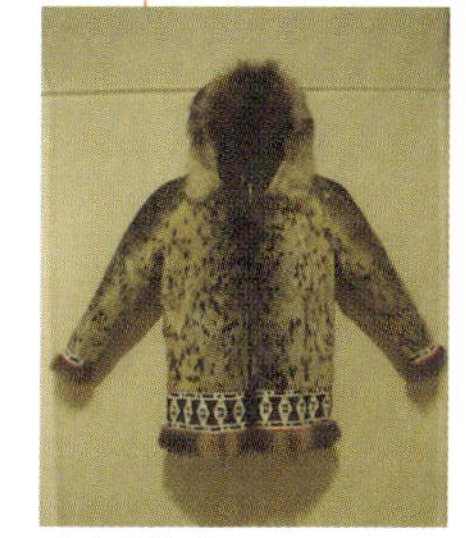

인디언 복장

국립 인디언 박물관

눈물 없이는 갈 수 없는 '눈물의 행로'

1607년 어느 날, 약 100명의 영국 출신 식민지 개척자들이
버지니아라는 미국 동남부 평야지역에 도착했고 다른 사람
들도 그 뒤를 이어 이 땅에 도착했어. 우리 아메리카 원주민
들의 평화는 오래가지 못했지. 유럽 사람들이 서부로 옮겨
올수록 우리는 황량한 서쪽으로 밀려나야만 했어. 그들이
꿈꾸는 미국에 우리 아메리카 원주민은 들어 있지 않았던
거야. 백인들은 우리를 속이고 보호구역에서만 살게 했어.
1838년 겨울에는 1만 5천 명의 체로키 족을 오클라호마까
지 강제로 이주시켰지. 1,300킬로미터가 넘는 이 거리를 이
동하면서 4천 명이 넘는 사람들이 목숨을 잃었어. 이 행군
에 '눈물의 행로'(Trail of Tears)라는 이름이 붙었지. 백두산
에서 지리산까지 1,400킬로미터니까 얼마나 먼 길을 쫓겨
간 거야. 추운 겨울에 정말 눈물 없이는 갈 수 없었을 거야.

웰빙이 따로 있나?
자연을 사랑하고 소박하게 사는 우리들 얘기라고

우리들은 우리의 전통적인 사냥터를 지키기 위해 끝까지 싸웠어. 백인들과의 전쟁도 전쟁이지만 그들 몸에 묻어 온 병원균들은 면역성이 없는 우리에게는 말 그대로 치명적이었어. 마을 주민 모두가 병으로 죽어 부족 자체가 사라지는 경우도 적지 않았어. 한쪽에서는 총성이 오가는 전투가, 또 한쪽에서는 소리 없는 세균전이 벌어지고 있었던 거지. 이런 모진 역경 속에서 우리 아메리카 원주민들의 수는 급격하게 감소했지만 우리의 문화는 사라지지 않았어. 아름다운 자연에 감사하고 소박한 삶을 살아가는 우리 아메리카 원주민의 삶의 방식은 오늘을 살아가는 많은 사람들에게 잔잔한 감동을 주고 있단다.

자연과 어우러진 인디언의 삶을 달의 이름을 통해서도 알 수 있지

1월 ▶ 아리카라 족 _ 마음 깊은 곳에 머무는 달
쥬니 족 _ 나뭇가지가 눈송이에 뚝뚝 부러지는 달

2월 ▶ 오마하 족 _ 기러기가 돌아오는 달
테와 푸에블로 족 _ 삼나무에 꽃바람 부는 달

3월 ▶ 수우 족 _ 암소가 송아지 낳는 달
아라파호 족 _ 한결같은 것은 아무것도 없는 달

4월 ▶
블랙푸트 족 _ 생의 기쁨을 느끼게 하는 달
체로키 족 _ 머리맡에 씨앗을 두고 자는 달

5월 ▶ 수우 족 _ 말이 털갈이하는 달
아라파호 족 _ 오래전에 죽은 자를 생각하는 달

6월 ▶
테와 푸에블로 족 _ 나뭇잎이 짙어지는 달
체로키 족 _ 말없이 거미를 바라보게 되는 달

7월 ▶ 키오와 족 _ 사슴이 뿔을 가는 달
유트 족 _ 천막 안에 앉아 있을 수 없는 달

8월 ▶
퐁카 족 _ 옥수수가 은빛 물결을 이루는 달
수우 족 _ 기러기가 깃털을 가는 달

9월 ▶ 오마하 족 _ 사슴이 땅을 파는 달
크리크 족 _ 작은 밤나무의 달

10월 ▶ 샤이엔 족 _ 시냇물이 얼어붙는 달
쥬니 족 _ 큰 바람의 달

11월 ▶
크리크 족 _ 물이 나뭇잎으로 검어지는 달
아라파호 족 _ 모두 다 사라진 것은 아닌 달

12월 ▶ 체로키 족 _ 다른 세상의 달
샤이엔 족 _ 늑대가 달리는 달

4
BANG!
BANG!

달려라 달려, 땅따먹기 경주

노빈손 일행은 포카 혼자스가 행운을 가져다 준다며 건네준 터키석 목걸이를 하고 아침부터 길을 나섰다. 숨이 턱턱 막히게 더운 날씨에 점점 지쳐 갔고 가지고 온 물도 바닥을 드러내고 있을 즈음 마차들이 즐비하게 늘어선 탄광촌이 나타났다. 언덕을 조금 넘어가자 사금을 캐는 사람들로 탄광촌은 발 디딜 틈 없이 북새통을 이루고 있었고 금을 캐기 위해 파진 구덩이가 여기저기 있어 굴러 떨어지지 않으려면 주의를 기울여야 했다.

조금이라도 물이 흐르는 곳에는 선광기에 모래를 담아 조리질을 하고 있는 사람들로 즐비했다. 그마저도 없는 사람들은 얕은 그릇에 흙을 퍼 담아 조심스럽게 흔들어 대고 있었다. 오랜 시간 동안 금을 찾지 못했는지 사람들의 모습은 피곤하고 지쳐 보였다.

허크가 금광촌을 내려다보며 중얼거렸다.

"여기서 금덩어리 하나 발견하면 베리 굿이겠다. 그럼 대번에 인생 역전되고 학교도 안 가도 될 텐데. 아저씨는 만약에 금을 발견하면 뭘 하실 거예요?"

허크는 가지고 있던 숟가락으로 여기저기를 들쑤시며 물었다.

"당연히 주인님한테 드려야죠. 그럼 주인님한테 사랑받을

재난을 막아 주는 보석
인디언들은 터키석이 재난을 막아 주고 행운을 가져다 준다고 믿었어. 카우보이들도 질병이나 불운을 피하기 위해 이 돌을 몸에 지니고 다녔어. 또 행운을 가져다 주는 물건인 화살촉, 퓨마 이빨, 작은 금조각 등을 몸에 지니고 다녔다고 해.

텐데."

킴씨 아저씨는 오늘도 어김없이 노빈손을 주인님이라고 불렀다.

"아저씨는 옆에서 같이 안 걷고 왜 뒤에서 줄줄 따라오세요?"

"내가 어떻게 주인님이랑 같이 걷겠어요, 친구도 아니고. 신경 쓰지 마세요. 이렇게 뒤따라 다니는 게 습관이 돼서 괜찮습니다, 주인님."

"그 주인님 소리 좀 안 하시면 안 돼요? 제가 월세 놓은 집 주인도 아닌데 주인님이 뭐예요."

주인님 소리를 거북해하는 노빈손이 한마디를 한 바로 그 순간 땡땡땡—, 종소리와 함께 저 멀리 일하던 사람들이 갑자기 일손을 멈췄다.

분주하게 움직이던 곡괭이와 사금 채취망도 버리고 모두들 일어나 어딘가를 향해 재게 발걸음을 옮겼다. 천천히 움직이던 사람들은 점점 그 움직임이 빨라지더니 이제 경보를 하는 사람처럼 엉덩이를 씰룩거리며 속도를 내고 있었다. 그리고 누군가가 뛰기 시작하자 너나 할 것 없이 모두 뛰기 시작했다.

강 건너 불구경 하듯 멍하니 서서 이 갑작스런 변화를 지켜보던 세 사람 중에 먼저 입을 연 것은 허크였다.

"그런데 형, 저 사람들 왠지 우리를 향해 오고 있는 것 같

탄광에서 일하는 건 고달퍼
은광을 개발하는 데는 돈이 아주 많이 들었고 노동 조건도 그리 좋지 않았어. 지하온도는 섭씨 40~50도까지 치솟았을 뿐만 아니라 지하수 때문에 습도도 매우 높았어. 광부들은 돌에 발을 베지 않도록 커다란 신발만 신은 채 벌거벗고 일했고 더운 열기를 식히기 위해 몸에 물을 끼얹으며 갱도를 따라 내려갔어.

지 않아?"

"젊은 애가 벌써부터 눈이 안 좋아서 어쩌려고 그러냐? 저 사람들이 왜 우리한테 오겠어. 어, 진짜네."

허크의 말대로 사람들은 노빈손 일행이 있는 곳을 향해 달려오고 있었다.

"난 어딜 가도 누구도 신경 안 써 주는 편인데 사람들이 왜 저렇게 날 쫓아오지? 혹시 전 주인이 잡아오라고 시킨 건가?"

킴씨 아저씨는 노빈손의 등뒤로 몸을 숨기며 겁에 질린 큰 눈을 끔뻑거렸다.

"금이 남아돌아서 우리한테 금을 주려고 몰려드는 게 아닐까?"

언제나 웃는 얼굴인 허크는 오늘도 긍정적인 생각을 멈추지 않았다.

"아무튼 시도 때도 없이 긍정적이긴. 혹시 대한민국 표준 미남 이 노빈손님한테 사인 받으려고 모여드는 사람들 아닐까?"

우르르 우르르—.

세 사람을 향해 달려오는 사람들의 속도는 점점 더 빨라지고 있었다.

"너무 거칠게 나오신다."

아직도 착각 속에 빠져 있는 빈손은 볼펜을 꺼내 사인 연

광부들의 직업병
땀에 젖은 채 일하던 광부들이 지면 위로 올라오면 폐렴에 걸리기도 했고, 환기가 거의 되지 않아 일산화탄소에 중독될 위험도 있었어. 그리고 납, 은의 미세한 가루를 자꾸 마시다 보니 거의 모든 광부가 폐가 굳어지는 구폐증에 걸려 있었어. 이들은 목숨을 걸고 일하는 거나 다름없었어.

습에 몰두하고 있었다. 그러나 몰려드는 사람들은 전혀 속도
를 줄일 생각이 없어 보였다.

사람들이 가까워질수록 세 사람의 얼굴은 하얗게 변해 갔
다. 50미터, 30미터, 20미터, 10미터…. 점점 그들이 가까워
지고 있었다.

"이럴 땐 어떻게 해야 되죠, 주인님?"

"이러다 깔리겠어요. 무조건 달려요, 달려!"

세 사람은 본능적으로 몸을 돌려 미친 듯이 달리기 시작
했다.

우르르 우르르 우르르―.

속력을 내어 쫓아오기 시작한 사람들의 발소리는 지진이

라도 일어난 것처럼 땅을 울리고 있었다. 어디서 자꾸 모여 드는지 노빈손 일행을 쫓아오는 사람들은 점점 더 많아지고 더 빨라지고 더 맹렬해졌다. 새까맣게 밀려오는 사람들이 일으키는 흙먼지는 금세 하늘로 퍼져 갔다.

탕!

어디선가 총소리가 들리는 듯했지만 영문도 모르고 두 눈 꼭 감고 달리는 세 사람은 신경 쓸 여력이 없었다. 도대체 무슨 일인지 알고나 뛰었으면 했지만 그러기에는 추격 속도가 너무 빨라 달리기에도 급급했다.

"아이고 다리야. 킴씨 아저씨, 힘들지 않으세요?"

"원래 제 인생 자체가 가시밭길이라 이 정도는 괜찮습니다, 주인님."

"뒤에서 선생님이 쫓아온다고 생각하면 이쯤이야. 난 학교만 안 갈 수 있다면 삼백육십오 일이라도 달릴 수 있어, 형. 헉헉."

"넌 학교를 제외한 모든 일에 긍정적이구나."

힐끗 옆을 보니 주근깨 허크의 얼굴은 정말이지 학교를 안 가기 위해서라면 우주라도 왕복해서 달릴 각오가 된 것처럼 보였다.

사람들은 어디서 자꾸 나타나는지 이제 말을 타고 달리는 사람, 수레를 타고 달리는 사람, 포장마차를 타고 달리는 사람들까지 더해져 손만 뻗으면 잡을 수 있을 정도의 거리까지

광산촌은 알고 보면 천막촌
광부들은 금을 찾을 수 있는 강 근처에 자리를 잡고 살았어. 이들은 언제라도 새로운 곳으로 이동할 수 있도록 두꺼운 천으로 천막을 치고 살았어. 집기라고 해봐야 식량을 나르는 데 쓰는 나무궤짝이 전부였고 먹는 음식도 형편없었으며 위생 상태는 문제가 많았어. 이곳에서 탈출하는 길은 그야말로 로또 복권 같은 금덩이를 찾는 것뿐이었지.

바짝 따라와 있었다.

더 이상 달리지 못할 지경인데 갑자기 요란한 축포가 펑펑 터졌다.

'뺨빠라밤 뺨빠빠빠암. 축하합니다~ 축하합니다~!'

하늘에 날리는 꽃비를 맞으며 노빈손은 어리벙벙해졌다. 노빈손 일행을 따라오던 사람들은 추격을 멈추고 부러운 눈으로 그들을 쳐다보았다.

"대단합니다, 대단해."

사태 파악이 덜 된 허크와 킴씨 아저씨도 반쯤은 넋이 나가 있었다.

"땅따먹기 경주에서 당당하게, 그것도 맨몸으로 달려서 일등을 하다니! 대단하십니다. 대단해~."

갑작스럽게 쏟아지는 카메라 플래시 세례에 동공이 잔뜩 커진 채 사람들에게 떠밀려 노빈손은 축하 꽃다발을 받고 어정쩡한 표정으로 악수를 나눴다.

"여러분, 땅따먹기 경주의 승자입니다. 이름이 뭔가? 노빈손? 뭔 이름이 그래? 험, 미스터 노는 상품으로 오늘 경주에 참가한 사람 중에 가장 넓은 땅을 갖게 됩니다. 다른 분들한테도 달린 거리만큼의 땅을 나눠 드릴 겁니다. 기회의 땅, 아메리카! 캬, 멋지지 않습니까?"

사람들의 환호와 박수가 쏟아졌다.

노빈손은 킴씨 아저씨의 옆구리를 찌르며 물었다.

천막장사에서 바지장사로 업종 변경
천막 천 생산업자였던 리바이스 스트라우스는 10만여 개의 천막 천 주문을 받아 빚까지 내서 생산을 마쳤지만 납품할 수 있는 길이 덜컥 막히고 말았어. 좌절한 스트라우스는 어느 날 주점에 들렀다가 금광촌 광부들이 헤진 바지를 꿰매고 있는 것을 발견, 튼튼한 천막 천으로 바지를 만들면 어떨까 하고 생각하게 되었어. 결과는 어땠을까? 물어보나 마나 대성공! 청바지는 이렇게 탄생하게 된 거야! 그 유명한 리바이스 청바지 말이야.

"저 사람들 영어 하는 거 맞아요? 무슨 말인지 하나도 모르겠는데요."

"주인님도 참. 그럼 미국에서 영어 하지 일어 합니까? 서부에선 임자 없는 땅을 나눠 주기 위해서 땅따먹기 질주를 해요. 이게 그거였군요. 그러고 보니 전 주인도 이 경기에 참가한다고 들었던 것 같은데…."

"진짜 땅을 공짜로 나눠 줘요? 베리 굿~. 땅따먹기 경주 너무 맘에 든다. 이걸 팔면? 오우 베리 굿~!"

어린 나이에 가출해 일찍 사회생활에 적응한 허크는 어느새 사람들과 포즈를 취하고 복부인이라도 된 양 이땅 저땅 둘러보며 베리 굿을 연발하고 있었다.

하지만 이 땅에 정말 임자가 없었을까?

노빈손은 자신이 살고 있던 땅에서 보호구역으로 내몰린 아파찌 추장과 포카 혼자스의 얼굴이 떠올라 씁쓸했다.

"그래, 주인님은 이 땅을 어디에다 쓸 작정이신가요?"

김씨 아저씨가 조심스럽게 물어 왔다.

"글쎄요, 전 세계여행도 계속해야 하고 그렇다고 미국으로 이민 올 생각이 있는 것도 아니고…."

"오호라! 그럼 다 내 거! 미국 최연소 땅 부자 허클 베리 굿, 우와 이거 완전 베리 굿에 해피엔딩이잖아."

주근깨 허크의 얼굴이 기쁨으로 달아올랐다.

"해피엔딩은 무슨! 넌 너무 긍정적이라 열흘도 안 가서 사기당하고 거리로 나앉을 텐데. 가출 청소년이 일확천금 생기면 유흥비로 쓰기 십상이야. 네가 집으로 돌아간다고 하면 생각해 보지."

"무슨 소리! 난 이미 출가외인. 집이랑 학교로는 절대 안 돌아갈 거야."

"다른 덴 사정없이 긍정적인 애가 어떻게 집이랑 학교는 절대 예외냐. 내 그럴 줄 알았다. 킴씨 아저씨, 아저씨가 땅을 갖는 건 어떨까요? 나이도 있으시고 고생도 많이 하셨으니까 이제 정착해서 농사를 지어 보시는 건 어때요?"

눈이 동그래진 킴씨 아저씨는 잠시 멍하니 서 있다가 빈손을 와락 끌어안았다.

"주인님을 처음 봤을 때부터 예사 분이 아니다 싶었지만 이렇게까지 생각이 트인 분일 줄이야. 전 신경 쓰지 않으셔도 되는데…."

많은 고생을 해오면서 이제 더 잃을 것도 더 원하는 것도 없다고 자포자기한 심정으로 살아 온 킴씨 아저씨는 땅을 갖게 된다는 말이 믿어지지 않았다. 빈손이 말한 것처럼 볕이 좋은 곳에 밭을 일궈 농사도 지어 보고 또 농사가 잘되어 그걸 내다팔면 적은 돈이나마 벌 수 있을지도 모를 일이었다. 차곡차곡 돈을 모으면 인생 황혼기에는 따뜻한 집에서 편안하게 살 수 있을 것이다.

거기까지 생각이 미치자 잊고 지냈던 희망이라는 이름의

꿈들이 와락 터져 나왔다. 킴씨 아저씨는 자신이 이렇게 하고 싶은 일이 많은 사람이었나 싶어 깜짝 놀랐다. 가슴이 벅차올랐다.

"저 땅이 다 내 땅이라니…. 주인님아, 나 이렇게 행복해져도 되는 걸까요?"

"지금 농담하냐? 뭔가 착각하나 본데 흑인한테 땅을 줄 수는 없지. 그것도 노예에게."

인파가 갈라지고 험악한 인상의 남자가 나타났다. 따악 봐도 심청이를 인당수에 던졌을 법한 인신매매꾼 같은 인상이었다.

"주… 주인… 님."

킴씨 아저씨의 얼굴이 백짓장처럼 하얘져 있었다.

표정으로 보아 킴씨 아저씨를 철로에 묶어 두고 간 그 잔인한 주인이 분명했다.

"철로에다 버릴 땐 언제고 이제 와서 이러세요?"

남자의 말을 듣고 있던 허크가 자기 일처럼 흥분하며 항의하자 남자의 목소리가 더 커졌다.

"남이야 노예를 버리든 죽이든 네가 무슨 상관이야? 도망가려다 들켜서 버릇 좀 고쳐 주려고 한 걸 가지고."

"아니, 사람이 물건도 아니고 니 거 내 거가 다 뭐냐고요!"

노빈손도 가만히 듣고 있을 수가 없었다. 사람을 죽일 뻔하고도 미안한 기색 하나 없는 남자가 너무 얄미웠다. 누군가 나서 줬으면 하는 마음에 사람들에게 호소했지만 다들 침묵만 지킬 뿐이었다.

"노예는 원래 물건 맞거든."

"원래 흑인들은 백인을 위해 일하려고 태어난 종족들이야. 성경에도 나와 있다고."

킴씨 아저씨의 주인이라고 주장하는 자와 그의 측근들은 사람들을 선동하며 노빈손 일행을 몰아세웠다.

"성경은 안 읽어 봤어요, 너무 두꺼워서. 하지만 그럴 리 없어요. 네 이웃을 사랑하라는 말은 들어 봤어도 네 이웃 중에 백인만 골라 가면서 사랑하라는 말은 못 들어 봤다고요!!"

노빈손은 노예들을 마음대로 부리려고 억지를 부리는 사람들에 흥분하며 대들었다.

"맞아, 어린 내가 보기에도 불공평해. 이런 베리 굿하지 못한 상황은 정말 별로야."

말은 그렇게 했지만 허크는 누가 봐도 웃고 있었다. 이런!

"노예 도둑들 주제에 뭔 말들이 그렇게 많아."

"머리에 피도 안 마른 것들이 하는 짓이라고는! 커서 뭐가 되려고 그래? 하긴 노예 도둑들은 무조건 교수형이니까 이젠 크기도 틀렸지만 말이야."

"그건 전쟁 전 얘기죠. 노예해방령이 발표됐는데 노예가 어디 있어요? 무조건 교수형시키는 법이 어디 있냐고요?"

허크도 지지 않고 맞섰다.

서부에서 길을 잃었다고?
몇 년이 지나자 서부로 향하는 개척자들이 버리고 간 물건들은 자연스럽게 이정표가 되었어. 길을 잃었다면 그걸 따라가면 되었거든. 그리고 개척자들의 무덤을 따라가는 것도 한 방법이었어. 특히 아이들이 긴 여행에서 많이 목숨을 잃었어. 서부로 여행을 하는 건 낭만이랑 담 쌓은 그야말로 무섭고 고달픈 여행이었어. 기회가 있는 만큼 위험도 있었으니 그 길을 떠나는 것이 쉽지만은 않았을 거야.

더 이상 말이 없었다. 주인이라고 주장하는 자와 그의 측근들은 험악해진 얼굴로 점점 노빈손 일행에게 다가왔다. 이렇게 말이 통하지 않는 상황을 벗어나는 방법은 딱 하나뿐이라는 걸 노빈손은 경험을 통해 잘 알고 있었다.

"킴씨 아저씨, 허크! 도망쳐!"

"잡아랏!"

후다다닥!

다리가 보이지 않게 도망가는데 누군가 노빈손의 뒷덜미를 덥석 움켜잡았다.

붕 하고 몸이 번쩍 들어 올려졌다.

변호사 없는 일사천리 재판

정신이 들자 온통 깜깜한 어둠이 노빈손을 반겼다. 입김을 내뱉으니 훅 하고 열기가 느껴지는 것이 뭔가 이상했다. 누군가 얼굴에 검은 천을 뒤집어씌워 놓은 것이었다.

"켁켁, 답답해. 이러다 이 잘생긴 얼굴 상하겠다고요. 이것 좀 벗겨 줘요."

누군가의 손이 덮고 있던 천을 벗기자 땀에 범벅이 된 빈손의 얼굴이 드러났다.

밑을 보니 장날만큼이나 많은 사람들이 몰려와 노빈손을

보고 있었다.

　"아니 웬 환영 인파가 이렇게나 많이…."

　"형! 그게 아냐. 우릴 교수형시킨대."

　옆을 보니 묶여 있는 허크가 웃고, 아니 울고 있었다. 허크

의 말대로 빈손의 두 손도 뒤로 묶여 있었고 올라선 곳은 교

수형 집행대였다.

"엉? 그게 무슨 소리야. 아니 여긴 법도 없나? 이런 식으로 재판도 없이 교수형을 시키는 법이 어디 있어요. 변호사나 배심원이라도 불러 달라고요."

고래고래 고함을 지르고 있는데 근처 술집에서 꼬리꼬리한 복장의 사내가 문을 벌컥 열고 나왔다.

"변호사 좋아하시네. 원래 변호사나 배심원 없이 재판한다는 걸 모르나? 노예 도둑은 잡히면 그 자리에서 끝이야. 누군나보고 시대착오적인 사람이라고 하는데 말도 안 되는 소리! 유감 있는 사람은 대신 교수형을 시켜 줄 테니 언제든 허심탄회하게 얘기하시게나."

모여든 사람들은 겁먹은 얼굴로 하나같이 조용했다.

"말도 안 돼. 이게 무슨 공정한 재판이냐고요!"

"시끄러워. 자, 반대 의견이 없으니 교수형을 집행하지. 옆마을에서 교수대를 짓는 중이라 오후에 임대료 받고 빌려 주기로 했으니까 속히 진행시키도록 해."

판사가 명하자 그야말로 신속하게 일사천리로 교수형 집행이 진행되었다.

교수대에서 밧줄이 내려와 노빈손과 허크의 목에 걸어졌다. 이제 교수대 바닥만 내려앉으면 노빈손은 이 세상과 작별을 고할 판이었다.

"마지막으로 유언은?"

"으아아앙, 살려 주시면 집으로 돌아갈게요. 아부지~."

잔뜩 겁을 먹은 허크는 그렇게 가기 싫다던 집 생각이 나는지 돌아가신 아버지를 부르며 울음을 터뜨렸다.

"아직 빌린 DVD도 반납 못 했는데 마지막이라뇨? 무슨 말씀을 그렇게 끔찍하게 하십니까? 대화로 해결하면 안 될까요? 심부름센터 평생회원권 드릴게요. 아니면 벌금형이나 감옥행은 안 될까요?"

"요즘 감옥이 부족해서 난리야. 감옥에 들어가면 삼시 세 끼 밥 먹여 주지, 잠자리 제공하지. 범죄자들이 감옥을 무슨 기숙사쯤으로 여긴다니까. 이봐, 얼른 집행해."

빈손이 이의를 제기할 틈도 없이 철컹 하고 교수대의 바닥이 내려앉았다.

표용 표용 탕탕탕.

그와 동시에 총소리가 들리는 듯했지만 노빈손은 목에 통증을 느끼며 그렇게 의식을 잃어 갔다.

노빈손과 허크가 매달려 있는 교수대의 밧줄이 두둑— 소리를 내며 끊어졌다.

다그닥 다그닥 다그닥.

어디선가 말을 탄 사람이 나타나 버둥거리며 떨어지는 노빈손과 허크를 낚아채고 달렸다.

"주인님, 같이 가유—."

킴씨 아저씨는 도망치는 말 궁둥이에 겨우겨우 올라탔고

죄수들을 납치한 말은 그렇게 사라져 갔다.

사람들은 순식간에 벌어진 죄수 납치극에 놀라 그저 입을 벌리고 있을 뿐이었다.

어디서 많이 본 생명의 은인

아직도 목이 뻐근했다.

교수대 바닥이 후욱 하고 꺼지는가 싶더니 터억 하고 목이 꺾이던 순간은 정말이지 너무 아파 눈물도 나오지 않았다.

겨우 정신이 든 노빈손 일행은 서로의 무사함을 자축했다.

"모두들 무사한 거야?"

"정말이지 죽는구나 했었는데 다시 살아나다니! 아, 이 새소리 하며 물소리…. 역시 인생은 아름다워. 샤랄라~."

"내가 그동안 겪었던 고생이 다 평범하게 느껴질 정도라니까요. 주인님과 지낸 며칠만큼 파란만장했던 적이 없는 거 같아요. 주인님은 억세게 운이 나쁜 것 같으면서도 어쩌면 그렇게 억세게 운이 좋으신지…. 정말 놀라울 따름입니다."

"하하. 제가 좀 운이 따라 주는 편이죠."

노빈손 일행은 잠시 서로를 걱정해 주는 시간을 갖고 나서 진심으로 자신들을 구해 준 낯선 사람에게 고맙다는 인사를 건넸다.

“저처럼 얼굴 되고 성격 되는 인재를 구해 주시다니, 복 받으실 겁니다. 이렇게 큰 신세를 졌는데 가만있을 수 없죠. 제가 한턱 쏠게요.”

“훗―, 한턱이라니. 너무 뻔한 수법 아니니? 그 핑계로 나한테 데이트 신청하려는 거지?”

얼굴을 가린 손수건을 벗는 순간, 노빈손은 다시 한 번 숨이 넘어갈 뻔했다.

커어억―.

“스칼렛 오하마, 네가 어떻게 여길?”

노빈손의 입이 다물어지질 않았다.

“형, 정말 다시 봤어. 위기에 처할 때마다 번번이 여자들이 나타나서 구해 주다니. 세계 7대 불가사의보다 더 미스터리한 일이야.”

스칼렛 오하마는 떠억 벌어진 노빈손의 턱을 친절하게 닫아 주며 말했다.

“나한테 반한 건 알겠는데 내가 누누이 얘기했잖아. 난 가슴 두근거리게 만드는 남자가 좋다고. 오케이?”

“그 말만 들으면 난 가슴이 답답해진다. 그건 그렇고 네가 여긴 어쩐 일이야?”

“생명의 은인한테 무례한 거 아니니? 아파찌 추장님한테 얘기 듣고 혹시 네가 아닐까 했는데…. 역시 너였구나. 하긴 너처럼 생긴 사람이 또 있을 리 없지.”

미국 대통령이 사는 집 수도인 워싱턴 D.C.에서 가장 오래된 건물인 백악관은 1800년대에 지어졌는데 1814년 미영 전쟁 때 불에 탔어. 재건한 후 벽을 하얗게 칠한 데서 백악관이라는 이름이 붙여졌어. 백악관에서는 대통령이 가족과 함께 2층에서 살고 있고, 대통령 기자 회견뿐 아니라 조약 체결 같은 공식 행사도 치르고 있어.

스칼렛 오하마 역시 납치당한 스미스 아저씨를 찾는 중이라고 했다.

"아저씨는 지하철도 요원이거든."

"지하철도? 내가 지하철이라면 눈 감고도 노선을 다 외우거든. 1호선부터 7호선까지 두루두루 안 타본 지하철이 없는데 서부개척 시대에 지하철도가 있었다는 얘기는 처음 듣는데?"

"바보. 이 지하철도는 정말 움직이는 철도가 아니야."

지하철도는 흑인들의 탈주를 돕는 비밀조직이며, 노예제도가 나쁘다고 믿는 지하철도 사람들은 도망 노예들을 노예제도의 힘이 미치지 않는 북부나 다른 곳으로 갈 수 있도록 도와 주는 일을 한다고 얘기해 주었다.

"노예해방령이 발표됐어도 노예제도가 아주 없어진 건 아니야. 많은 사람들이 지하철도는 해체됐다고 알고 있지만 고통당하는 흑인들이 있는 곳에선 여전히 비밀리에 활동하고 있지. 난 유능한 지하철도 요원이고 말이야."

자기 자랑하는 것도 잊지 않고 챙기는 스칼렛 오하마였다.

"그럼 협박편지에 있던, 화물을 가만두지 않겠다는 건 탈주 노예들을 가만두지 않겠다는 말이었구나, 그렇지?"

"맞았어. 스미스 아저씨는 얼마 전부터 탈주 노예들이 사라진다는 정보를 접하고 알아보는 중이었는데 갑자기 실종됐어. 큰일이야. 독립기념일에 아저씨가 아주 중요한 연설을 하기로 되어 있거든. 노예제도를 부활시키려는 움직임이 있어. 그걸 막으려면 아저씨가 꼭 있어야 하는데. 이제 며칠 안 남았다구. 너희들도 스미스 아저씨를 찾겠다고 큰소리쳤다면서 교수형이 웬 말이니? 용기는 가상하지만 이건 정말 위험한 일이야. 니들은 집에 가서 잠이나 자. 아저씨는 내가 찾아볼 테니까."

생명의 은인이라 고마운 마음이 들었다가도 자신을 무시하는 스칼렛 오하마의 말에 노빈손은 울컥했다.

"누군 교수형 당하고 싶어서 그랬겠냐고. 어쩌다 보니까 그런 거지. 도움이 될지 짐이 될지는 두고 봐야지. 그렇게 잘났으면서 아저씨는 왜 아직 못 찾았대?"

"너희들 구하느라고 그랬다. 근데 구해 주자 마자 후회된다."

만났다 하면 투덕거리는 스칼렛 오하마와 노빈손을 허크가 말리고 나섰다.

"형, 한시가 급한데 이렇게 싸우고 있기만 할 거야? 그러지 말고 힘을 합해서 아저씨를 찾아보자. 머리를 맞대면 더 빨리 찾을 수 있지 않겠어? 긍정적으로 생각하란 말이야, 긍정적으로. 응? 그렇지 않겠냐고? 킴씨 아저씨는 어떻게 생각해요?"

"나? 나한테는 묻지 마. 난 의견 같은 거 없어."

예상은 했지만 킴씨 아저씨의 반응에 허크는 복장이 터졌다.

노빈손과 스칼렛 오하마는 허크의 말에 얼굴이 붉어졌다.

"자, 그럼 싸우지들 말고 화해의 표시로 서로 악수. 그리고 이 순간 이후부터 스미스 아저씨를 함께 찾아 나서는 거야, 알겠지? 서로 악수해. 어서."

둘은 마지못해 어정쩡하게 손을 맞잡고 흔들었다.

"이 얼마나 긍정적인 광경이란 말인가, 더 힘차게 손 흔들어."

"오케이! 미안하게 됐어."

"나도 잘한 건 없지 뭐. 그럼 이제 서로 함께 힘을 합쳐서 잘해 보는 거다."

"잘해 보긴 뭘 잘해 봐. 그따위 사랑 놀음은 집어치우고 탭 댄스나 추시지."

어, 이 낯설지 않은 목소리는?

탕탕탕탕-.

화해 분위기 속에 있던 노빈손 일행은 갑작스런 총알세례
에 폴짝거리며 탭댄스를 춰야 했다.

저만치서 와이키키 브라더스
의 부치가 총을 겨누며
모습을 드러냈다.
노빈손은 고래 힘줄
보다 더 질긴 부치 일
행의 출현에 헉 소리
도 못 낼 만큼 놀라
고 있었다.

"부자들이 탄 말이 지나간다고 해서 쫓아왔는데 내가 이럴
줄 알았어. 쉬이트~ 변변찮은 것들을 믿은 내 잘못이지. 애
네들이 어딜 봐서 부자냐고. 눈은 액세서리로 달고 다니냐?
어제는 유령마을에서 금괴를 봤다더니 하얀 복면단 비밀 아
지트였잖아. 에구에구 그 무서운 놈들한테 잡히면 어떡할 뻔
했냐! 그때만 생각하면 오우~, 어쨌거나 오늘은 그 덕에 우
리 귀염둥이 재롱둥이 막내둥이 원수를 다시 찾았다만. 흥,
나를 연속해서 두 번씩이나 물 먹이고도 무사할 줄 알았냐?
우리 집 가훈이 뭔 줄 알아? 받은 건 반드시 따따블로 돌려주
자다."

"저기요, 원수는 저니까 이 사람들은 보내 주시는 게 어떨까요?"

노빈손의 말이 끝나기가 무섭게 부치의 호통이 되돌아왔다.

"난 네가 이래서 마음에 안 들어. 멋있는 척은 혼자 다 하고. 그래도 하나도 안 멋있다. 문어머리! 오늘에야말로 임자 제대로 만난 줄 알아라. 멋있는 척은 오늘로 끝이야. 이 세상에 멋있는 사람은 나 하나로 충분하다. 쿠하 쿠하 쿠하하하—."

충치가 드러날 정도로 웃어 젖히던 부치는 웃음을 뚝 멈췄다.

"어떻게 괴롭게 해줄까? 그렇지, 이제 곧 미시시피 증기선이 도착한다. 그러면 너희들을 특별히 제작한 택배 상자에 내복바람으로 실어 알래스카로 보내 주마. 얼음 덩어리 속에서 오들오들 떨며 우리 귀염둥이 재롱둥이 막내둥이 쉬인한테 한 짓을 반성하고 와이키키 브라더스의 위대함을 곱씹으면서 얼어 죽게 되는 거지. 어떠냐, 나의 치밀한 계획이? 쿠하 쿠하하하."

생각만 해도 얼음물에 몸을 담그고 있는 것처럼 저릿저릿했다.

"저기 제가요, 보기보다 곱게 자라서 추위를 잘 타걸랑요. 이왕 보내 주시려거든 적도나 아마존에 보내 주시면 안 될까요?"

노빈손은 최대한 불쌍한 표정을 지어 보였다.

"시끄럽다. 이게 무슨 묻지 마 관광 패키지인 줄 알아? 핑계를 늘어놓으려거든 탭댄스나 추시지."

탕 탕 탕!

난데없는 부치의 총알 세례에 노빈손 일행은 또 한 번 폴짝폴짝 탭댄스를 춰야 했다.

"저번처럼 호락호락하게 당할 줄 알면 큰 오산이야. 나 알고 보면 빈틈없는 남자거든. 북극곰 친구 생기면 편지나 해라. 크헐크헐~."

"고향이 아프리카인데 알래스카에 가면 바로 얼어 버릴 겁니다. 차라리 기분 좋아지실 때까지 저를 때리세요."

킴씨 아저씨가 부치의 바짓가랑이를 붙잡고 늘어졌다.

"내가 당신을 왜 때려?"

"형, 알래스카가 어딘데 그래? 미리 겁먹을 필요 없잖아. 극지방만 아니면 되지."

"무식하기는. 알래스카가 극지방이다."

빙하로 팥빙수라도 만들어 먹었는지 찬바람이 쌩쌩 부는 부치는 정말로 노빈손 일행을 알래스카로 보내 버릴 작정인 것 같았다. 스미스 아저씨를 찾겠다고 떠나온 길이 꼬이고 꼬여 알래스카까지 이어지다니, 미로 속에 빠져 끝이 없는 출구를 찾아 어딘가를 빙빙 도는 기분이었다. 그 추운 곳에 유기되듯 도착하면 말숙이를 그리워하기도 전에 얼음 동상이 되

100주년 축하
깜짝 선물

미국 독립 100주년을 기념해서 뭔가 특별한 선물이 없을까 고민하던 프랑스는 자유의 여신상을 선물하기로 결정했어. 처음엔 1.25미터짜리 원형을 만들고, 이것을 다시 2.11미터로 확대하여 만들고, 또다시 8.5미터의 높이로 만들어서 이것을 다시 정확히 측정해서 4배로 키운 것이 지금의 자유의 여신상이야. 자유의 여신상은 한 손엔 횃불, 한 손엔 독립선언서를 들고 있어.

어 버릴지도 모른다.

"얘들아, 택배 박스에 이 녀석들을 구겨 넣어라."

"네."

합동으로 대답을 마친 월과 잭이 잠시 뜸을 들이다가 부치에게 되물었다.

"저 형님, 택배 박스는 어디 있는데요?"

"엥? 내가 미리미리 준비하라고 했잖아!"

"저희도 준비하고 싶은데 돈도 떨어지고 애들이 어디에 있는지도 모르고 또 형님께서 니들은 이번에 나서지 말라고 하신 말씀이 생각나서 가만있었는데요."

부치의 얼굴은 금세 붉으락푸르락해졌다.

"이 무슨 그랜드캐니언에서 쥐라기 공룡 발톱 깎는 소리야? 이래서 내가 니들을 믿고 무슨 일을 하겠냐? 으휴~ 내가 니들 때문에 갱년기가 오려고 한다. 험험, 아무튼 문어머리! 니들 택배 박스 구해 가지고 다시 올 테니까 기다려. 잔머리 쓸 생각 말고!"

부치 일당은 노빈손 일행을 버려진 오두막에 가둬 두고 큼지막한 자물쇠를 철컥 채운 후 티격태격하며 자리를 비웠다.

"형이 정말 저 사람들 동생인가를 죽인 거야?"

"죽이긴! 뭔가 오해가 있는 거라고."

"하긴 주인님 같은 얼굴은 바퀴벌레 한 마리도 죽이지 못할 얼굴이죠."

"이제 어쩌지? 꼼짝없이 알래스카에서 얼어 죽게 되는 거야?"

킴씨 아저씨도 노빈손도 잔뜩 풀이 죽었다.

"어떻게 좀 해봐. 열차 안에서도 우릴 구해 냈잖아. 능청 부리지 말고 어서~."

스칼렛 오하마의 말에 노빈손은 생각에 잠겼다. 이번엔 또 어떻게 위기를 모면하지?

한숨이 저절로 나왔다.

저 찰거머리처럼 끈질긴 와이키키 브라더스가 이렇게 앞길을 막을 줄은 몰랐다. 앞으로 어떻게 되는 걸까? 정말 알래스카에?

"알래스카 얘기에 충격받으셨죠, 아저씨?"

"신경 쓰지 마세요, 주인님. 냉대라면 익숙해질 대로 익숙해졌어요."

말은 그렇게 했지만 킴씨 아저씨는 걱정스런 모습이었다.

"개구리 소리 좋다. 얼마 만에 듣는 개구리 소리야."

허크 말대로 개구리 울음소리가 오두막 너머로 들려왔다.

"미시시피 습지에는 개구리 말고도 각종 동물들이 아주 많대. 악어도 있고 아나콘다도 있고…. 아프리카엔 무서운 뱀들이 더 많겠죠? 비단뱀, 방울뱀, 살모사 등등. 으윽, 어쨌든 뱀은 너무 징그러워!"

"그래, 뱀!"

서부개척 시대에는 음식물을 보존하는 것이 쉽지 않았어. 고기를 신선하게 유지하는 방법은 겨울에 잘라 놓은 얼음덩어리와 함께 두는 것뿐인데 상한 냄새가 나기 일쑤였지. 1870년 알래스카 상자라고 불리는 냉장고의 발명으로 육류 보존이 훨씬 수월해졌어. 알래스카 상자는 떡갈나무 상자에 주석 판을 댄 것으로 안에 얼음덩어리를 넣어서 사용했다고 해.

허크의 말에 노빈손이 머리를 탁 쳤다.

"아주 커다란 아나콘다를 보게 된다면 와이키키 브라더스들도 저만치 도망가겠지? 뱀을 구할 수는 없지만 만들 수는 있지. 히히. 좋은 생각이 났어."

알 수 없는 말을 중얼대는 노빈손을 일행은 멍하니 바라봤다. 빈손은 여행가방을 뒤적여 미국 안내서랑 그밖에 종이라는 종이는 다 모아서 커다랗게 정사각형 모양으로 이어 붙였다. 그리고 그 위에 빙글빙글 나선을 그리고 날카롭게 눈과 혓바닥을 그려 넣은 후 나선을 따라 잘 오려내고 가운데에 구멍을 뚫어 실을 매달았다.

노빈손이 들어올리자 커다란 종이 뱀이 빙글빙글 돌았다.

"빈손이 너 이 순간에 종이 접기가 하고 싶니?"

스칼렛 오하마는 노빈손이 하는 일을 도저히 이해할 수 없었다.

"모르는 소리 마, 이게 바로 노빈손표 아나콘다라구!"

"에이, 내가 웬만해선 긍정적인데 이건 아니다. 이런 종이 뱀을 누가 무서워하겠어, 형."

"종이 뱀이면 안 무서워하겠지만 살아 있는 뱀이라면 무서워하겠지! 안 그래?"

노빈손은 오두막 구석에 놓여 있던 성냥을 그어 촛불을 켰다.

'슈어드의 바보짓'
미국의 국무장관 윌리엄 슈어드는 1867년 720만 달러를 주고 러시아로부터 알래스카를 구입했어. 알래스카는 러시아가 모피 공급을 위해 확보한 땅이었지만 모피 수입이 신통치 않고 유지 관리비가 많이 들어가는데다가 국내 경제 사정이 어렵게 되자 팔았던 거지. 사람들은 눈덮인 땅을 사들인 일을 '슈어드의 바보짓'이라고 비웃었고, 러시아조차 '슈어드의 아이스 박스'라고 조롱하며 알래스카를 팔아치운 러시아 대표에게 포상금까지 안겨 줬지.

춤추는 아나콘다 쇼쇼쇼

모든 준비는 끝났다. 실내는 최대한 어둡게 해놓고 종이 뱀은 천장에 매달고 그 밑에 촛불을 켜 두었다. 종이 뱀이 빙글빙글 돌기 시작했다. 어두운 데서 보고 있자니 정말 뱀이 꿈틀거리는 것처럼 보였다. 이제 와이키키 브라더스가 오기만을 기다리면 될 일이다.

총을 전당포에 맡기고서야 택배 박스를 구한 와이키키 브라더스는 내리쬐는 햇볕에 낑낑대며 박스를 들고 돌아왔다. 악당은 무기가 생명이라 잠시 망설였지만 그래도 막내둥이 동생의 원수를 갚는 일인데, 그리고 어쩐지 그 문어머리 녀석에게 오기가 생겨서 그냥 넘어갈 수가 없었다. 노빈손 일행을 알래스카로 보낼 생각을 하니 저절로 힘이 났다.

"야 문어머리! 우리가 돌아왔다."

"꺄아아악—."

오두막 문틈으로 비명이 새어 나왔다.

"아니! 이 갈라지는 목소리는? 무슨 일이지?"

와이키키 브라더스는 허둥지둥 자물쇠를 풀고 문을 열었다.

"꺄아아악!"

어두운 오두막 안에 갇혀 있던 네 사람은 정신 나간 사람처럼 비명을 질러 대고 있었다.

"배… 배… 뱀이닷! 꺄아아악."

으악!
아,아,
아나콘다!
살려
주세요!
꺄!
사람 살려!
누더기 뱀이
사람 잡네~!
히히…

어두운 곳에 익숙해지자 뭔가 꿈틀대고 있는 것이 부치의 눈에 들어왔다. 커다란 뱀이었다, 아니 저 정도면 아나콘다였다. 아나콘다는 금방이라도 삼켜 버릴 것처럼 입을 벌리고 또아리를 틀며 꿈틀대고 있었다. 노빈손은 아나콘다에게 친친 감겨 괴로워하고 있었고 킴씨 아저씨는 아나콘다에게 깔려 괴로워했고 허크는 비명을 지르더니 기절하고 말았다. 스칼렛 오하마는 사색이 된 채 눈도 못 뜨고 벽에 붙어 있었다.

커어어억!

영화 속에서나 볼 법한 잔혹한 장면에 와이키키 브라더스는 눈이 튀어나올 지경이었다. 심장이 투욱 하고 입 밖으로 튀어나올 것 같았다. 살아야 한다는 생각밖에 들지 않았다.

택배 박스고 뭐고 무조건 도망치기 시작했다. 온몸에 비늘이 돋는 것처럼 간지러웠고 식은땀이 나고 몸서리가 쳐졌다. 브라더스는 속눈썹이 휘날리도록 도망쳤다. 귀염둥이 재롱둥이 막내둥이 쉬인이 아나콘다로 환생해 원수를 갚는 게 아닐까 하는 별별 생각을 하면서 무조건 살기 위해 내달렸다.

한참 비명을 지르며 괴로워하던 노빈손은 와이키키 브라더스가 줄행랑을 친 걸 확인하고 연기를 멈췄다.

"갔어요, 갔어."

연기에 물이 올랐는지 바닥을 뒹굴며 실감나는 연기를 펼치던 킴씨 아저씨는 한참을 흔들어서야 진정시킬 수 있었고 허크도 한참이 지나서야 눈을 떴다.

촛불 위의 종이 뱀은 왜 빙빙 돌까?
초가 탈 때 발생하는 열 때문에 더워진 공기는 불꽃 위로 올라가게 돼. 공기가 빠져나간 자리에는 주위의 차고 무거운 공기가 밀려들어오게 되지. 이러한 공기의 이동을 유식한 말로 '대류현상'이라고 해. 그래서 촛불 위의 상승기류는 종이에 닿았다가 종이가 잘려진 부분으로 빠져나오게 돼. 이러한 공기의 흐름 때문에 종이로 만든 뱀이 빙글빙글 회전하게 되는 거야.

"세 사람 다 아카데미상을 트럭으로 안겨 줘야겠어. 나야 기본기가 있다지만 모두 대단했어."

"종이 뱀을 보고 도망치는 꼴이라니. 하하하하."

모두가 배를 잡고 바닥을 뒹굴며 웃었다.

"악당들이 눈치 채고 돌아오기 전에 어서 떠나요."

노빈손은 아직도 춤을 추고 있는 종이 뱀 밑에 켜져 있는 촛불을 후 불어서 껐다. 촛불을 끄자 뱀도 춤을 멈췄다.

"뱀도 춤추게 하다니 대단한 마법입니다, 주인님."

"마법이 아니라 과학이죠. 뭐 이 정도 가지고."

"역시 형은 위기에 강하다니까."

노빈손 일행은 서둘러 짐을 챙겨 와이키키 브라더스가 버리고 간 배를 타고 미시시피 강을 건넜다.

뒤늦게 꽉 닫아 놓은 오두막에 뱀이 나타난 것을 수상하게 여긴 와이키키 브라더스가 돌아왔을 때 노빈손 일행은 이미 저만큼이나 멀어져 가고 있었다.

"문어머리 녀석! 또 잔머리를 썼겠다. 아우, 스트레스 쌓인다, 쌓여."

부치는 고질병인 혈압이 엠파이어 스테이트 빌딩처럼 쭈욱 솟아오르는 것 같았다.

당장 쫓아가서 배라도 뒤집어 버리고 싶었지만 여기저기 눈을 번뜩이고 있는 미시시피 악어가 무서워 강기슭에서 발만 동동 구를 뿐이었다.

"헤헤, 종이 뱀을 무서워하다니. 바보들!"

"용용 죽겠지?"

노빈손 일행은 자신들을 알래스카로 보내려 한 와이키키 브라더스에게 조롱과 메롱을 아낌 없이 선사했다.

배는 미시시피 강의 물비늘을 가르며 그렇게 앞으로 앞으로 나아갔다.

웰컴 투 U.S.A.
어때, 가슴이 두근두근 하지?

미국에서 제일 힘센 사람이 되고 싶을 뿐이라고!

나 스칼렛 오하마, 결심했어! 대통령이 되기로 말이야. 미국 최초의 여자 대통령. 어때, 멋있지?

꿈이 너무 큰 거 아니냐고? '소년이여 야망을 가져라' 란 말도 있잖아. 꿈이 좀 크면 어때, 돈 드는 것도 아닌데 말이야.

지금부터 열심히 노력한다면 대통령은 못 되더라도 퍼스트 레이디쯤은 될 수 있지 않겠어? 꿈이 안 이루어지면 실망이 클 거라고? 그런 걱정을 왜 해, 내일은 또 내일의 태양이 뜰 텐데.

오호호~ 자자 잘 봐두시라! 미래의 힐러리 여사가 될지도 모르는 이 오하마의 얼굴을. 얼굴 보니 '정치'에 '정'자도 모를 것 같다고? 이거 왜 이러셔. 눈 감으면 백악관이 우리 집 안방처럼 훤~한데.

못 믿겠다고? 그럼 뭐든지 물어봐. 내가 시원하게 답해 줄 테니까 말이야.

미국 정치의 중심지,
국회의사당

Q1. 자유민주주의 시초가 미국이라고 하던데 이유가 뭐야?

미국은 세계에서 가장 오래된 성문 헌법, 그러니까 문서로 쓰여진 가장 오래된 헌법을 가진 나라야. 1787년 각 주의 대표들이 모여 만든 미국의 성문 헌법은 각 주의 비준을 받아 1789년부터 효력을 발휘했어. 이런 미국의 성문 헌법은 세계 여러 나라 헌법의 본보기가 되어 왔다고 할 수 있지. 미국이 독립한 지는 2백여 년에 불과하지만 가장 오래된 성문 헌법을 갖는 등 근대민주주의의 출발을 가져왔다고 해서 자유민주주의의 시초라고 하나 봐. 지난 2백 년 동안 미합중국 헌법은 지금까지 27개 수정조항을 추가했을 뿐, 변함없이 미국 정부의 든든한 기둥 역할을 하고 있어.

Q2. 행정부, 입법부, 사법부… 복잡해, 이런 건 왜 나눠 놓은 거야?

복잡하라고 나눠 놓은 건 아니야. 미국 헌법은 대통령을 수반으로 하는 행정부와, 상원과 하원으로 구성되는 의회를 포함하는 입법부, 그리고 대법원을 중심으로 하는 사법부 이렇게 셋으로 정부를 나누었어. 이름하여, 삼권분립! 셋이 서로 일 잘하고 있나 견제하고 함부로 권력을 휘두르지 않게 힘의 균형을 유지해서 국민의 자유와 권리를 보장하자는 게 삼권 분립의 깊은 뜻이지. 분명 나처럼 머리 좋은 사람이 생각해낸 걸 거야. (누가 물어봤냐고? 흥-)

Q3. 미국에서 제일 힘이 센 사람이 슈퍼맨 맞아?

글쎄, 내 생각은 좀 달라. 대통령은 행정부의 우두머리야. 미국은 대통령 중심제 나라이기 때문에 대통령의 힘이 가장 세다고 할 수 있지. 우리나라도 대통령 중심제를 택하고 있다는 건 알고 있지? 대통령은 미국 의회가 만든 법에 따라 행정부를 이끌어야 하고 의회가 만든 법이 마음에 들지 않으면 거부할 수도 있어. 하지만 의회의 3분의 2가 찬성한다면 대통령도 이 법을 받아들여야 해. 사법부인 대법원은 의회가 만든 법이나 대통령을 심사할 수 있는 권한이 있어서 대통령의 권한이나 의회가 만든 법이 헌법에 어긋나면 무효로 만들 수 있지. 여기저기서 견제가 들어오니 대통령도 함부로 권력을 휘두를 수 없겠지?

Q4. 상원의원? 하원의원? 아랫집 윗집 사는 의원들이야? 왜 이렇게 나눠 놓았지?

상·하원의원은 아랫집 윗집 사는 거랑은 아무 상관없어. 미국이 각 주의 정부가 모여 이룬 연방국가라는 건 알고 있지? 그래서 주 정부의 권한은 상당히 막강해. 우리나라는 의회가 하나뿐이지만 많은 나라들이 두 개의 의회를 가지고 있어. 견제를 통해 민주주의를 더 잘 실현하기 위해서지. 미국도 이러한 양원제(兩院制)를 채택하고 있어. 즉, 연방의회가 상원의원과 하원의원으로 나뉘어져 있지. 각각의 법안을 상원의원과 하원의원이 함께 승인하는 과정을 통해 법령을 서두르지 않고 신중하게 처리할 수 있지. 임기가 6년인 상원은 각 주에서 2명을 뽑게 되어 있어. 50개 주에서 2명씩 선출되니까 100명이겠지? 상원의원은 2년마다 3분의 1을 다시 뽑고 부통령이 상원의장을 맡게 되어 있어. 하원은 각 주의 인구수에 비례해서 뽑고 있고 임기는 2년이야. 상원의원과 하원의원이 하는 일은 크게 다르지 않아.

어때? 이 정도면 유식이 철철, 출마 자격 충분하지 않아?

유식이 철철인지는 몰라도 그 불 같은 성격 고치기 전엔 어림없다고. 윽~.

아무튼 빈손이 넌 너무 많은 걸 알고 있다니까.

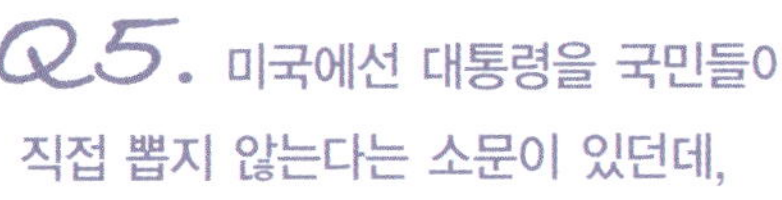

Q5. 미국에선 대통령을 국민들이 직접 뽑지 않는다는 소문이 있던데, 사실이야?

사실이야. 미국은 유권자가 뽑은 선거인단이 대통령을 뽑는 간접선거제도를 채택하고 있어. 각 당의 대통령 후보가 결정되면 국민들은 각 주별로 대통령 선거인단을 뽑고(1차), 여기서 뽑힌 선거인단이 투표로 대통령을 결정해(2차). 좀더 풀어서 설명해 줄게. 왜? 난 친절하니까.

아까 앞에서 상원의원이 뭔지, 하원의원이 뭔지 설명했지? 각 주의 주민들은 자기가 속한 주의 상원의원 수와 하원의원 수를 합친 수만큼 선거인단(선거위원들)을 뽑아. 그 주에 할당된 선거위원의 표는 표를 가장 많이 받은 후보가 다 가져가게 돼. 만약 25명의 선거인단이 있는 플로리다 주에서 클린트 아저씨랑 허크가 대통령 후보로 나왔다고 해보자고. 만약이니까 진정해. 허크가 얼마 안 되는 표 차이로 클린트 아저씨를 이겼다고 해도 플로리다 주의 25표는 모두 허크의 것이 되는 거야. 이해됐지?

재미있는 것은 1차 투표에서 허크가 클린트 아저씨보다 많은 표를 얻었다고 해도 2차 투표인 선거인단 표(수)에서 지면 클린트 아저씨가 대통령이 된다는 사실. 물론 선거인단이 다른 당 후보를 찍을 수도 있지만 배신(?)하지 않도록 교육을 시킨다고 하네. 그래서 여태껏 그런 일은 없었대. 국민들이 직접 대통령을 뽑는 우리와는 달리 좀 복잡하지? 지금의 미국 대통령 부시가 1차 투표에서는 지고도 선거인단 표(수)에서 이겨 당선된 경우야.

BANG!
BANG!
5

아무도 살지 않는 유령마을

폐허가 된 듯한 마을이었다. 아니 정확히 말하자면 제대로 된 집이 하나도 없을 정도로 집들의 모습이 처참했다. 어떤 집은 한쪽 벽이 없는가 하면 어떤 집은 창문이 없고 또 어떤 집은 천장이 없었다. 제대로 된 집이 있다고 해도 아무도 살지 않는 흉가처럼 휑하긴 마찬가지였다. 날까지 어두워지자 왠지 으스스한 기분마저 들었다.

"짓다가 만 건 아닐 테고 어떻게 제대로 된 집이 하나도 없죠?"

여기저기 안 다녀 본 곳 없는 노빈손이지만 이런 기괴한 마을은 처음이었다.

"유령마을이니까 당연하죠."

킴씨 아저씨는 놀라울 것도 없다는 듯 담담하게 대답했다.

"유령마을? 그럼 여기서 처녀귀신 총각귀신 빗자루귀신이 모여 산다는 말야? 어우~ 무서운 건 싫어."

"쉿, 조용히 해. 이러다 잠입하기도 전에 들통 나고 말겠어."

스칼렛 오하마가 무섭다고 징징대는 노빈손의 입을 틀어막았다.

"퉤퉤. 아까 코딱지 후빈 손으로 어딜."

"훗, 봤구나. 생각보다 예리하단 말이야. 어쨌든 쉿―"

유령도시에
유령이 없다?!
이 당시 도시들은 세워진 지 얼마 안 돼 금세 버려지곤 했어. 이렇게 도시가 버려지는 이유는 폐광, 가뭄, 인디언들의 위협, 철도의 부재, 고립 등 여러 가지 이유가 있었어. 버려진 도시는 유령도시로 남아 있다가 그 뼈대가 바람에 날아가곤 했어. 캘리포니아의 유령마을은 한때 1만 명 정도가 살던 꽤 큰 마을이었지만 순식간에 유령도시가 됐어.

무서움에 다리까지 떠는 게 안쓰러웠는지 허크가 소리를 낮춰 설명해 주었다.

"어떨 때는 말할 수 없이 대범한데 가끔 보면 나보다도 더 겁이 많다니까. 아무튼 형은 미스터리 그 자체야. 서부에서는 사람들이 금이 나는 곳을 찾아 여기저기 다니기 때문에 마을이 금방 번화한 도시가 되었다가도 금세 휑하니 버려지곤 해. 전에는 나무나 흙으로 집을 만들었는데 요새는 카탈로그만 보고 집을 고르면 벽을 들고 와서 뚝딱뚝딱 조립해 줘. 이사 갈 때가 되면 벽 하나, 창 하나, 문 하나씩 떼어 가고. 그러다 보니 흉측한 유령마을이 된 거지. 아마 여기도 사람들이 필요한 부분을 다 떼어 가고 나면 흔적조차 남지 않을걸. 진짜 유령은 없으니까 걱정 마, 형."

노빈손은 허크의 말을 듣고 겨우 안심이 됐다. 언젠가 이곳도 사람들로 북적였을 텐데 이렇게 덩그러니 버려지다니 무서움 대신 쓸쓸함이 들었다.

"형, 그러니까 여기가 하얀 복면단의 비밀 아지트라는 거야?"

"와이키키 브라더스 얘기 들었잖아. 와이키키 일당이 어리바리하긴 해도 못 본 걸 봤다고 하진 않을 거야. 여태껏 고생만 시키더니 이렇게 도움을 주기도 하는구나. 인생 오래 살고 볼 일이야. 어! 저길 봐."

다 쓰러져 가는 집들 사이로 불빛이 새어 나오는 건물이

조립식 주택으로 지을래요
1830년대 시카고에서는 조립식 주택 바람이 불었어. 그 덕에 사람들은 좀더 쉽게 집을 가질 수 있었지. 바람만 불면 풍선처럼 쉽게 날아갈 거라고 헐뜯는 사람도 있었지만 조립식 주택은 값이 싼데다가 여차하면 뜯어 갈 수 있어서 인기가 좋았어. 이런 집을 사고 싶으면 카탈로그를 보고 주문만 하면 됐으니까 이전과는 비교할 수도 없이 간편해졌지 뭐야.

보였다. 그리고 그 앞에 두건을 쓴 사람들이 보초를 서고 있었다.

"저곳에 들어갈 수만 있다면 아저씨의 행방을 알 수 있을 텐데."

스칼렛 오하마는 방법을 생각해 내느라 머리를 굴리며 입술을 잘게 깨물었다.

"긍정적으로 보려야 볼 수가 없는 상황이다. 이렇게 감시가 철저한데 어떻게 들어가겠어. 불가능하지 않아, 형?"

초 긍정 소년 허크도 눈앞의 상황에서는 마냥 긍정적일 수만은 없었다.

"아, 너무 긴장돼. 이럴 때일수록 허리를 졸라매야 해."

스칼렛 오하마는 마치 영화배우라도 되는 듯 줄어들지 않는 드레스 끈을 당기며 괴로워했다. 노빈손은 허리끈을 조이고 있는 스칼렛 오하마의 손을 잡았다.

"방법이 없는 건 아니야. 나 노빈손이 위기탈출 전문가 아니겠어. 우리가 복면을 만들어 쓰는 거야."

"하얀 복면 단원으로 변장해서 숨어든다? 괜찮은 생각인데. 빈손이 너 제법이다."

스칼렛 오하마가 못 이기는 척 칭찬해 주자 빈손도 우쭐해졌다.

"뭐 이 정도 가지고. 자, 어서 서두르자."

노빈손 일행은 커튼과 식탁보가 남아 있는 폐가로 들어가

뮤지컬의 메카, 브로드웨이

노래하고 춤추고 연기하는 멋진 뮤지컬 배우들의 꿈, 뉴욕의 브로드웨이. 이 거리에는 뮤지컬을 비롯한 쇼 관련 극장이 무려 400개가 넘어. 1900년 42번가에 빅토리아극장이 세워졌고 19세기 중엽부터 연예 중심지로서 유명해졌어. 〈캣츠〉, 〈렌트〉, 〈라이언 킹〉 등 유명한 많은 뮤지컬들이 열리는 이곳은 여름에는 유명한 공연과 비평가들로부터 호평받은 작품들을 보기 위해 세계 각지에서 관광객들이 몰려들어.

복면을 만들었다. 빈손은 처음에 단추 하나도 제대로 달지 못했었지만 집 떠나 여행을 하는 동안 동네 세탁소 아저씨도 울고 갈 정도의 솜씨로 거듭나 있었다. 노빈손은 샘플을 만들어 보여 주며 복면 만들기를 진두지휘했다.

"겁 먹지 말고 느긋하게 행동해야 들키지 않는다고. 독립 기념일까지는 시간이 얼마 남지 않았어. 그러니 빨리 아저씨를 찾아야 해. 조금만 더 힘을 내자고."

어수룩해 보이는 외모에 덜렁대는 줄만 알았는데 저런 카리스마가 있었다니, 스칼렛 오하마는 노빈손을 다시 보게 되었다. 노빈손 일행은 복면을 쓰고 어둠을 틈타 아지트로 조심조심 발걸음을 옮겼다.

연소자 관람불가, 숯 팩 전신 마사지 사건

"어허, 이러지 않아도 된다니까 그러네."

잭과 윌은 싫다는 부치의 등을 떠밀어 억지로 자리를 펴고 눕게 했다. 지난번 열차사건, 그리고 막내 쉬인의 원수를 눈앞에서 놓치는 사건이 연달아 터져 잔뜩 상심해 있는 부치를 더는 두고 볼 수가 없었다. 눈밑의 다크서클이 이제 볼까지 축 처져 있어 걸어다니는 장마전선처럼 옆 사람마저 눅눅하게 만들고 있는 부치에게 자신들의 보살핌이 절실한 시기라

미국인들은 청결을 중요하게 생각해. 우리나라의 드라마에서는 가족들이 둘러앉아 밥 먹는 장면을 쉽게 볼 수 있듯이 미국 드라마에서는 목욕 장면이나 입 안을 청결하게 하는 장면을 많이 볼 수 있어. 향수를 많이 뿌리는 것도 자신의 몸을 깨끗하게 유지하기 위한 방법이야.

고 여겼다.

"이럴 때일수록 기운을 내셔야 합니다요, 형님."

"맞습니다, 형님. 요즘 들어 안색이 어둡다 못해 칙칙한 게 눈 뜨고 못 봐줄 정도라니까요. 이번에 카탈로그를 보고 주문한 건데 숯 팩이라고, 이게 그렇게 얼굴을 화사하게 만들어 준다고 합니다."

잭과 윌은 정성스럽게 부치의 얼굴에 숯 팩을 바르기 시작했다.

"숯 팩을 하면 다크서클도 좀 없어질까?"

"의사들도 어쩌지 못하는 다크서클을 숯 팩이라고 별 수 있겠습니까? 그렇지만 안 하는 것보다는 낫겠죠."

잭과 윌은 기분이 안 좋은 부치의 신경을 건드릴까 봐 조심하며 얼굴 전체에 숯 팩을 야무지게 펴 발랐다.

"얼굴을 쫙쫙 땡겨 주는 게 뭔가 젊어지는 느낌이 팍팍 오지 않습니까요, 형님?"

"글쎄, 그런 것 같기도 하고."

숯 팩 펴 바르기에 재미가 붙은 윌과 잭이 신이 나서 물었다.

"그러지 말고 형님, 숯 팩도 넉넉하게 주문했겠다, 온몸에 발라 보는 건 어떨까요, 형님?"

"맞습니다요, 형님. 얼굴만 젊어져서 쓰겠습니까? 팔, 다리, 몸뚱이 골고루 젊어져야 공평하죠."

"그거야 그렇지만…"

부치는 얼굴을 찌푸렸지만 그리 싫지 않은 것 같았다.

"형님은 그냥 누워만 계시라니까요. 팁도 안 받고 무료 봉사 해드릴게요."

부치의 윗옷과 바지를 벗기고 온몸에 숯 팩을 바른 잭과 윌은 남은 팩을 자신들의 얼굴과 몸에 펴 바르고 부치 옆에 나란히 누웠다.

"이러고 있으니까 꼭 사우나에 온 것 같습니다요, 형님."

"어쩐지 제대로 민망한 게… 지나가는 사람이라도 있으면 좀 그렇지 않아? 목욕탕에서 배영하는 것 같기도 하고…."

"형님도 참! 우리 사이에 가릴 게 뭐가 있다고 부끄러워하십니까."

“겉으로 볼 땐 몰랐는데 형님도 S라인이십니다. 뒤집어진 S라인.”

“무슨 소리야! 볼록한 뱃살, 완전평면 등짝, 이건 누가 봐도 D라인이지.”

“이것들이 누구 몸을 갖고 알파벳 놀이야? 쉬이트~ 신이시여! 이것들 중 누구를 먼저 손봐 줘야 할지 순번을 매겨 주소서!”

버럭 화가 치밀어 올라 절규하는 부치에게 주눅 든 목소리로 윌이 말했다.

“팩 하고 그렇게 소리치시면 잔주름 생길 텐데….”

“그래? 그럼 안 되지. 얼마 만에 한 팩인데. 후우후우, 화를 가라앉히고. 후우후우.”

“마음을 편히 가지셔야 피부도 젊어진다고 하지 않습니까. 30분 후면 씻어내야 하니까 그동안만이라도 푸욱 쉬십쇼, 형님.”

어디선가 바람이 살랑살랑 불어와 와이키키 브라더스의 머리를 쓰다듬었다. 모처럼 만에 불어 주는 시원한 바람에 상쾌해진 세 사람은 금세 달콤한 낮잠에 빠져들었다.

그리고 얼마나 지났을까.

저벅 저벅 저벅.

낯선 이의 구둣발 소리가 들려왔다.

구두의 주인공들은 이 낯선 광경을 보고 흠칫 놀라 멈춰

섰다.

"대낮에 겁도 없이. 여기가 지들 안방인가? 세월 참 많이 좋아졌군. 이것들 혹시 더위 먹고 쓰러진 거 아냐?"

드르렁 드르렁.

셋은 화음까지 맞춰 가며 코를 골았다.

툭툭.

발로 차도 꿈쩍도 안 하는 게 잠에 단단히 빠져든 모양이었다.

"기가 막히는구먼. 어쩔까? 정신 한번 화악 들게 해줄까?"

"그거 좋지. 이런 녀석들을 정신 확 들게 해주는 게 우리가 할 일 아니겠어. 잠 깨지 않게 조심해서 옮겨 보자고. 크크."

사내들은 멍석 말듯 와이키키 브라더스를 둘둘 말아 그대로 마차에 태우고 길을 떠났다.

부치는 눈을 떠 보려고 애썼지만 두텁게 바른 숯 팩과 피곤함을 이기지 못하고 다시 깊은 잠 속으로 빠져들었다.

위기 탈출 전문가의 활약

"자, 적어! 마지막 기회다."

남자는 또다시 스미스에게 백지를 내밀었다.

"며칠 동안 잠도 못 자고 밥도 못 먹고 이게 무슨 고생이야. 쯧쯧쯧. 따끈한 커피에 스테이크 그리고 목욕까지 풀 서비스로 해줄 테니까 마음 푹 놓고 적어. 그깟 지하철도 조직원 이름 몇 명, 노선 좀 대충 그려 주는 게 뭐 큰일이라고. 네가 불었다고 누구한테도 말 안 한다니까. 노예제도에 찬성하고 도망 노예 송환법을 통과시키는 데 협조하겠다고 서명도 하고 말이야. 나도 퇴근 좀 하자. 벌써 며칠째 야근이잖아, 엉?"

하얀 복면 단원인 남자는 협박이 안 먹히자 회유책을 썼다.

수척해진 스미스가 고개를 들었다.

"몇백 번 물어도 내 대답은 같소. 그따위 서명은 하지 않겠소이다."

쾅.

하얀 복면 단원이 거칠게 탁자를 내려쳤다.

"건방진 검둥이 녀석."

그때였다. 끼이이이익.

문이 열리고 한 남자가 들어서자 복면 단원은 벌떡 일어나 거수경례를 했다.

"순결!"

"순결. 뭐야? 아직도 요지부동이야?"

"네. 아주 지독한 녀석입니다. 동충하초라도 달여 먹었는지 3일을 굶기고 3일을 안 재웠는데 끄떡도 안 하는데요."

"체력이 좋은 거냐, 담력이 좋은 거냐? 고집 그만 부려. 너

도망 노예 송환법
어떤 주에서 다른 주나 연방의 준주로 도망간 노예를 체포하여 원래의 주로 돌려주도록 규정한 법률을 말해. 1793년과 1850년 연방의회에서 통과되었고 1864년이 돼서야 폐지됐어. 이 법에 따라 도망 노예들은 자신을 위해 증언할 수 없고 배심원 재판도 받지 못했어. 또한 노예를 놓친 연방보안관들에게는 높은 벌금을 매겼고 노예 탈주를 도운 사람들에게도 벌금이 부과됐어. 너무나 가혹한 이 법 때문에 오히려 노예제에 반대하는 사람들이 늘어났어.

같은 녀석 때문에 더 검둥이가 싫어. 도대체 편하게 먹고 살 수 있는데 왜 고집을 부리는 거야. 검둥이들에게 몰래 글을 가르치질 않나, 검둥이 편드는 기사를 써서 사람들이 동요하게 하질 않나. 너처럼 건방진 녀석은 나와 같은 세상에 살 자격이 없어. 왜? 난 순결하니까."

대장이 복면 단원의 자리에 앉으며 말했다.

"아직도 모르겠소? 당신들의 세상은 끝났다는 걸. 노예라는 이름으로 사람을 부리고, 인종이 다르다는 이유로 폭력을 가하고, 자유를 찾아 나서는 사람들을 잡아 또다시 팔아 넘기고. 이제 우리 미국은 그 수치스러운 시간을 지나 진정한 자유와 평등의 나라로 나아가고 있는 거요."

"시끄러워! 나약한 것들은 절대 새로운 세상을 건설할 수 없어. 너같이 노예제도에 반대하는 철없는 것들이 많아져서 우리가 약해지긴 했지만 내일 하얀 복면단 전국 집회 날 우리의 힘이 아직도 건재하다는 것을 보여 줄 테다. 그래서 이 땅에 다시 한 번 노예제도를 부활시킬 것이야. 큭큭큭ㅡ. 자, 우리한테 힘을 보탤 기회를 주지. 노예제도 부활 찬성 100만인 서명 운동에 얼른 동참하시지. 아직은 스무 명 정도밖에 안 했지만 곧 더 많은 사람들을 괴롭히고 협박해서 더 많은 서명을 받아낼 테다. 그러면 노예제도 부활을 의회에 건의할 수 있을 테니까."

"혹시 말이오, 당신의 코가 너무 크다거나 머리색이 노란

노예해방령
대통령 링컨은 남북전쟁 중이던 1862년에 흑인 노예를 모두 해방하고 그들에게 자유를 보장한다는 선언을 했어. 물론 링컨에 반대하는 남부 사람들은 노예해방령에 귀를 기울이지 않았지만 이 선언은 미국 역사상 흑인에게 동등한 권리를 부여한 중요한 사건이야. 노예제는 그로부터 3년 뒤인 1865년에 공식적으로 폐지됐어.

색이라 차별받는다면 기분이 어떨 것 같소?"

"내 코? 내 코가 어때서? 내 코가 이래 봬도 복코야, 이거 왜 이러셔. 머리가 노란 게 뭐 어떻다고. 사람 생긴 게 다 다른 거 아니겠어. 왜 갑자기 코는 들먹거리고 난리야."

"코 모양이 다를 수 있고 머리색이 다른 것처럼 피부색도 다를 수 있소. 자신과 다르다는 이유로 남을 괴롭힐 이유는 어느 누구에게도 없소."

스미스의 목소리는 며칠을 굶었는데도 여전히 쩌렁쩌렁했다.

"건방진 검둥이 녀석. 아무튼 검은 것들은 말이 안 통한다니까. 더 이상 봐주지 않겠다. 내일 집회에서 공개 처형을 시켜 주지. 우리에게 반항하면 어떤 꼴이 되는지 확실한 본보기가 될 테니까. 내일 저승문 앞에서도 그렇게 폼 잡는지 두고 보자고. 이봐, 준비한 걸 가져와!"

"넵!"

하얀 복면 단원은 밖으로 나가려고 벌컥 문을 열었다.

그와 동시에 찰싹 붙어서 엿듣고 있던 노빈손 일행은 피할 겨를도 없이 도미노처럼 와르르 쏟아져 남자 앞에 철퍼덕 엎어졌다. 행방을 알아내기 위해 엿듣다가 그만 딱 걸려 버린 것이다.

"뭐하는 녀석들이냐?"

당황한 나머지 어떤 핑계를 대야 할지 강심장 스칼렛 오하마조차 아무 생각도 떠오르지 않았다.

"뭐하는 녀석들이냐고 대장님이 묻잖아!"

"아, 저 그게…."

"그게 그…."

"저희는 하얀 복면단 신입단원들인데요, 하얀 복면단 본부 견학 왔걸랑요."

모두들 합죽이가 되어 있는데 빈손이 적당히 둘러댔다. 이 상황에 그런 말을 저렇게 태연하게 하다니 생긴 것만큼이나 대범한 게 틀림없다.

"오호! 마침 순결한 세상을 건설하기 위한 일손이 많이 딸렸었는데 어서들 오시오, 동지들! 순결!"

복면 단원이 경례를 하자 노빈손 일행도 얼떨결에 경례를 했다.

"순결!"

"여기 옛날 노예제도를 그리워하는 검둥이도 하나 데려왔어요. 본부를 견학하고 싶다고 해서요. 노예제도는 흑인들 스스로 원하는 제도라는 것을 알리는 데 딱이죠. 우리 조직의 이미지도 좋아지고."

스칼렛 오하마는 의심의 싹을 없애기 위해 킴씨 아저씨를 가리키며 선수를 쳤다.

"오호! 좋아. 아주 맘에 드는군. 그런데, 신입단원이라면서 벌써부터 복장 불량이야? 옷이 이게 뭐야?"

미국 사람들이 열광하는 스포츠
어깨에 잔뜩 뽕을 집어넣은 채 각 팀 11명의 선수들이 타원형의 공을 가지고 땅 따먹기를 하는 스포츠, 미식축구. 럭비와 축구를 바탕으로 1870년대 미국에서 독자적으로 만든 축구 경기야. 미국에서는 '풋볼'이라고 불러. 미식축구의 정신은 '개척, 희생, 봉사'야. 공격적이고 거칠고 타협하지 않는 경기로 결승전이 열리면 2억 9천 인구 중에 무려 1억 5천 명이 시청한다고 하니 미국 사람들이 사랑하는 최고의 스포츠라 할 수 있겠지?

복면 단원의 말을 듣고 서로의 얼굴을 마주보던 스칼렛 오하마와 허크는 뭔가 잘못됐음을 그제야 알아차렸다.

"허크야, 두건을 썼는데 네 얼굴이 왜 이렇게 잘 보이지?"

"누나도 그래요? 나도 그런데. HD 텔레비전보다 선명한 것이 꼭 두건을 안 쓴 것 같아요."

뭔가 이상해서 스칼렛 오하마는 얼굴 쪽을 더듬거렸다.

"이게 뭐야, 얼굴 부분이 뚫려 있잖아?"

조금 전까지는 어두워서 잘 안 보였지만 이제 보니 두건의 얼굴 쪽이 뻥 뚫려 있어 얼굴이 훤하게 들여다보였다.

"야, 노빈손. 이게 뭐야? 네가 가르쳐 준 대로 만들었는데. 얼굴이 이렇게 드러나면 어떡해?"

"아니, 그게… 전에 두건을 써 봤는데 앞도 안 보이고 얼굴이 너무 갑갑하잖아. 그래서 좀 변화를 시도해 봤지. 우주복에서 영감을 얻은 건데 별로야?"

"이그. 너 위기 탈출 전문가 정말 맞아? 내가 너를 믿은 게 잘못이지."

서로 옥신각신하고 있는데 복면 단원이 끼어들었다.

"복장이 왜 그러냐니까 대답은 안 하고 뭘 그리 쑥덕거려?"

강심장임을 자랑하던 스칼렛 오하마도 상황이 이렇게 돌아가자 심장이 방망이질을 해댔다.

등줄기가 서늘해졌다.

노빈손이 재빨리 잔머리를 굴려 대답했다.

"이건 새로운 유니폼이에요. 두건이 답답하다는 의견이 많 았잖아요."

"맞아요, 우리는 새로운 유니폼의 모델이라고 할 수 있죠."

"엘레강스하고 판타스틱한 새 유니폼. 마음에 드세요?"

네 사람은 이제 죽이 척척 맞아 거짓말을 술술 내보내고 있었다.

"유니폼이 새로 나왔다는 말은 믿겠지만 니들이 모델이란 말은 도저히 못 믿겠다. 다리 짧고 머리 크고 얼굴 특이한 너 희들이 모델이라고?"

"뭘 모르시네요. 요즘엔 우리처럼 평범한 사람들이 모델로 나오는 게 대세라고요. 너무 잘생기고 키 큰 모델만 나오면 거리감이 느껴지잖아요. 우리처럼 평범한 듯 비범하게 생긴 사람들이 모델로 나서 주면 내가 입어도 저거보단 낫겠다 하면서 구매하게 된다니까요."

"그건 그렇지."

스칼렛 오하마는 워킹까지 선보이며 넉살 좋게 둘러대는 빈손을 보면서 웃음을 참느라고 혀를 깨물어야 했다. 허크의 어깨가 들썩이는 걸 보니 그 역시 웃음을 참고 있는 모양이었다.

"알았다. 신입단원이라 풋풋하군. 보기 좋아."

"네, 그럼 순결! 저희들은 이만 가 보겠습니다."

휴우―.

한숨을 쉬며 몸을 돌려 경보하듯 빠져나가고 있는데 누군가 빈손을 부르는 소리가 들렸다.

"노빈손―. 나야 나. 와이키키 브라더스의 큰형!"

노빈손의 가슴이 쿵 하고 내려앉는 것 같았다.

감옥 안에서 와이키키 브라더스가 손을 흔들며 반색을 하고 있었던 것이다.

"하얀 복면단에 잡혀간 남자를 구한다더니 진짜 왔네. 역시 대단한 아이들이야. 저기, 나한테 아직 유감이 있는 건 아니지? 지난 일은 다 잊고 우리 좀 구해 주라. 우리 잘 아는 사이잖아, 응?"

정말 원수가 따로 없었다. 중요한 순간마다 훼방을 놓더니 결정적인 순간에 또 이렇게 발목을 잡을 줄이야. 부치의 말에 두건 속의 눈이 빛을 뿜을 만큼 매섭게 변해 갔다. 노빈손이라는 말에 앉아 있던 대장도 벌떡 일어나 성큼성큼 다가왔다.

"노빈손? 오호라~ 눈이 나빠서 잘 몰랐는데 너였군. 나도 늙었어. 100미터 밖에서도 알아볼 수 있는 얼굴을 까먹고 있었다니."

"저를 아세요?"

"알고 말고. 교수대에서 놓친 녀석들을 어떻게 잊겠어? 이래도 내가 기억 안 나? 특히 넌 아주 잘 알 텐데…."

두건 속의 남자가 얼굴을 드러냈다. 킴씨 아저씨가 털썩 주저앉았다.

"주… 주인님!"

킴씨 아저씨의 얼굴이 파리해졌다.

그는 킴씨를 철로에 버리고 노빈손을 노예도둑으로 몰았던 킴씨의 전 주인, 더티 해리였다.

"죽기 전까지 채찍 맞을 짓을 했지만 용서해 줄 테니까 좋은 말 할 때 이쪽으로 와. 노예제도가 없는 땅? 자유? 평등? 애당초 그런 건 없어. 원래 세상은 불공평하고 부조리로 가득 차 있어. 어서 이리 와. 채찍으로 등짝을 후려치기 전에."

더티 해리의 호통에 킴씨 아저씨는 넋이 나간 것 같았다.

조금만 더 윽박지르면 최면에 걸린 사람처럼 더티 해리의 발에다 입을 맞출 것 같았다.

"싫.어.요."

더듬거리렸지만 킴씨 아저씨는 분명 싫다고 말했다.

"오호. 넌 역시 색달라. 다른 노예들과는 다르게 무작정 끌려오진 않았지. 도망 칠 궁리도 하고 말이야. 그래서 길들이는 재미가 좋았지. 하지만 봐주는 것도 여기까지다. 그리고 너희들도! 니들도 한패지?"

더티 해리의 주목을 받은 와이키키 브라더스는 화들짝 놀라며 손을 가로저었다.

"저희 절대 한패 아니에요. 우리 잘 모르는 사이예요."

"아까는 아는 사이라며?"

"아니 그게… 잘 아는 사이는 아니고 그냥 얼굴만 아는…. 저기요, 우린 정말 흑인이 아니라고요. 이것 좀 보세요. 지워지죠, 지워지죠?"

부치는 급한 마음에 손가락에 침을 묻혀 팔을 밀었다. 검은 숯 팩이 때처럼 길게 밀렸다.

"윽, 추접스런 녀석들! 때 밀리는 게 자랑이다, 자랑이야. 흑인이랑 한패면 흑인이나 마찬가지야. 내일 집회 때 남길 말이나 생각해 둬라. 큭큭큭."

드르륵 쾅―!

감옥의 철창이 굳게 닫혔다.

20살이 되면
독립해야 한다구
고등학교를 졸업하면 미국인들은 대부분 부모로부터 재정적으로나 정서적으로 독립을 해. 자신의 필요는 자기가 해결한다는 미국적 생활방식과 가치관이 작용한 거야. 이런 독립적인 사고방식은 개인의 자유와 함께 미국 사람들의 대표적인 전통적 가치관으로 자리 잡았어.

피부가 검다고?
그게 뭐 어때서?

웰컴 투 U.S.A.
어때, 가슴이 두근두근 하지?

전국에 계신 노빈손을 사랑해 주시는 국민 여러분, 멀리 해외 동포 여러분 안녕하십니까? 여러분들이 원하면 어디든 갈 때까지 가는 대한민국 표준미남 VJ 노빈손입니다. 오늘은 어처구니 없는 인종 차별의 현장을 제보받고 쏜살같이 출동, 다짜고짜 인터뷰를 준비하고 있는데요, 인터뷰 하면 또 저 노빈손 아니겠습니까? 수려한 외모와 화려한 말발, 능숙하게 영어를 구사하는, 신이 내린 천상의 인터뷰어~ 영어 한 번 해보라고요? 굿 애프터 눈, 메리 크리스마스, 드라이 클리닝… (침묵)… 험험, 영어가 다가 아닙니다, 여러분! 이 노빈손의 인터뷰는 가슴으로 하는 그런 인터뷰 아니겠습니까? 콜록, 말씀드리는 순간 목화밭에서 목화를 따고 있는 흑인 남자의 모습이 보이는데요, 직접 만나 보도록 하겠습니다.

183

노빈손 〉 목화밭에 납작 엎드려서 뭐하고 계십니까?

노예 〉 쉿~ 조용. 탈출하려고 지하철도 요원과 만나기로 했어. 위험한 건 알지만 이대로 있을 수는 없어. 이렇게 자유를 위해 싸우면 언젠가 내 아이들은 진정한 자유를 누리며 살게 되지 않겠어? 너도 명심하렴. 네가 누리고 있는 자유도 그 누군가가 열심히 노력해서 얻어낸 귀중한 보물이라는 걸 말야.

노빈손 〉 정말 숙연해지는군요. 그런데 어쩌다 이곳으로 오게 되셨나요?

노예 〉 누군 오고 싶었겠어? 우리 조상이 처음으로 미국에 온 건 1619년이었어. 한 네덜란드 선장이 제임스타운의 이주민에게 우리 조상을 팔아넘긴 거야. 밧줄에 묶여 배 아래칸에서 짐짝 취급을 받으며 이곳에 왔다는 걸 생각하면…. 흑흑~ 처음에 20명이었던 노예들은 1850년 무렵에는 무려 300만으로 불어났지. 결혼도 인정하지 않았고, 태어난 아이들은 무조건 주인의 재산이 되는 현실. 물론 링컨 대통령이 노예 해방을 선언하긴 했지만 아직까진 법보다 주먹이 더 가깝다고. 우리를 괴롭히는 사람들한테 한마디 해 주고 싶어. 그래, 나 흑인이다 어쩔래? 난 흑인인 게 자랑스럽다고. 헉! 흥분해서 목소리가 너무 커졌네. 앗, 저기 지하철도 요원이 도착했어.

노빈손 〉 말씀 드리는 순간 지하철도 요원으로 보이는 분이 도착했는데요, 이 위험한 일을 하시는 이유가 뭡니까?

지하철도 요원 〉 위험하다고 손 놓고 있을 수가 있어야지. 백인들 중에도 노예제도에 대한 불만이나 노예제도를 반대하는 사람들이 많아. 양심이 살아 있는 사람들이라고나 할까. 이런 사람들이 모여 지하철도를 조직했지. 지하철도 요원들은 위험을 무릅쓰고 수천 명의 흑인을 안전한 곳으로 빼돌렸어. 그리고 또 다른 방법으로 노예제도 폐지를 위해 힘쓰고 있는 사람들도 많이 있단다.

노빈손 〉 아니 뒤에 있는 분은 어디서 많이 본 분인데… 헉, 말숙아 여기서 뭐하냐?

말숙 〉 호호호 눈치챘구나. 『톰 아저씨의 오두막』이라는 소설을 읽고 가만있을 수가 있어야지. 수많은 사람들이 이 책을 읽고 노예의 비참한 삶에 분노했고 노예제도가 반드시 없어져야 한다는 생각을 갖게 되었다고 해서 읽어 봤거든. 그런데 가만있을 수가 없더라고. 그래서 지하철도 요원으로 가입했어. 참, 차별받는 흑인들을 위해 애쓴 사람들을 소개시켜 줄게. 들어 봐.

노빈손 〉 마이크 놔. VJ는 나라고. 켁켁. VJ 살려~.

헤리엇 터브먼(1820~1913)

별명 : '흑인들의 모세'

특징 : 현상금 4만 달러(당시로서는 어마어마한 돈이야)

남부에서 노예 생활을 하다 탈출, 수많은 노예들의 탈주를 도왔대. 글을 읽지 못하나 천부적인 리더십을 가지고 있어 많은 사람들의 존경을 받았어. 여름과 겨울이면 간호사, 호텔 메이드, 파출부 등으로 일하며 여비를 벌고, 봄과 가을에는 목숨을 걸고 남부로 가서 더 많은 사람들을 탈주시켰다니 정말 대단하지?

프레드릭 더글라스(1817~1895)

특징 : 인간 최루탄. 눈물 없이 들을 수 없는 감동의 명연설

노예폐지협회에서 일하면서 노예제 폐지를 호소했어. 청중을 울고 웃기는 명연설로 사람들의 마음을 움직였지. 야유, 조롱, 욕, 죽음의 위협에 굴하지 않고 강연을 다니던 중 돌과 몽둥이세례를 받았는데 그때 다친 손이 끝내 낫지 않아 고생했대. 〈노스 스타〉 신문을 창간, 노예제 폐지 운동에 앞장섰고, 남북전쟁 중에는 링컨의 조언자로서 흑인 병사도 백인 병사와 동등한 급여를 받도록 승인을 이끌어 냈어.

마틴 루터 킹(1929~1968)

"나에게는 꿈이 있습니다. 언젠가는 조지아의 붉은 언덕 위에서 노예였던 사람들의 자녀들과 노예주인이었던 사람들의 자녀들이 형제로서 식탁에 함께 둘러앉는 날이 오리라는 꿈입니다."

목사이자 흑인 인권 운동가. 인종차별에 폭력이 아닌 사랑으로 맞서 비폭력 무저항 운동을 펼쳤어. 간디처럼 말이야. 그는 인종화합을 위해 인권운동을 펼치면서 30여 차례나 체포되었지만 누구도 그의 신념을 막을 수는 없었어. 미국 내 흑인에 대한 차별은 철폐될 것이라고 확신하고 모두가 평등하게 살 수 있는 그날을 위해 흑인인권 운동에 삶을 송두리째 바쳤지. 전 세계인의 마음을 움직여 35세에 최연소로 노벨상을 수상했지만 39살의 나이에 저격을 당해 안타까운 죽음을 맞았어.

에이브러햄 링컨(1809~1865)

"나는 노예가 되고 싶지 않은 것처럼, 주인도 되고 싶지 않다."

미국의 16대 대통령이야. '국민에 의한, 국민을 위한, 국민의 정부는 지상에서 영원히 사라지지 않을 것이다' 라는 연설문 문구로 유명하지. 그는 종종 감동적인 연설로 국민들을 사로잡았어. 1860년, 대통령에 취임한 링컨 대통령은 이듬해 4월에 남북전쟁을 치러야 했지. 남북전쟁은 노예제도를 둘러싼 남북 간의 갈등 때문에 시작된 불행한 내전이었어. 하지만 결국 노예제도가 얼마나 야만적인지 주장하던 북군의 승리로 끝나고, 노예제도는 폐지되었지. 1865년 4월, 극장에서 암살자에게 저격당해 생을 마감했지만, 링컨은 흑인 노예를 해방시킨 영웅, 미국 민주주의의 이상을 제시한 정치가로서 오늘날까지 존경과 사랑을 받고 있어.

해리엇 비처 스토 부인(1811~1896)
특징 : 노예제도의 폐지를 앞당긴 작은 거인

스토 부인은 신학자의 딸로 태어나 기독교 신학을 공부했기 때문에, 사람이라면 흑인이든 백인이든 평등하고 자유로워야 한다고 생각했어. 그래서 흑인 노예의 비참한 생활을 소재로 1852년 『톰 아저씨의 오두막』을 썼는데, 이 책은 미국뿐 아니라 전 세계적으로 대단한 화제를 불러일으키며 사람들의 생각을 바꿔놓았어. 링컨조차도 노예제도가 폐지되려면 오랜 시간이 걸릴 거라고 생각했는데, 스토 부인의 문학 작품이 그것을 앞당긴 셈이지. 그래서 링컨 대통령이 스토 부인을 처음 만났을 때 "부인이 바로 이 큰 전쟁(남북전쟁)을 일으킨 작은 여성이라는 말입니까?"라고 했대. 펜은 칼보다 강하다는 말은 스토 부인에게 해당되는 말인 것 같지?

BANG!
BANG!

매번 실패한 사람의 위대함

노빈손 일행은 감옥에서나마 스미스와 감격적인 상봉을 했다. 스미스는 모진 고문과 허기, 피로로 인해 몸을 제대로 가누지 못하고 감옥 한쪽에 누워 있었고 탈출을 시도했던 노예들도 함께 갇혀 있었다.

"죄송해요. 아줌마한테 꼭 아저씨를 모셔다 드린다고 했는데…. 정말 구해 드리고 싶었는데."

노빈손에게 그간의 일을 모두 들은 스미스는 진심으로 미안해했다.

"여기까지 오느라 고생이 많았을 텐데. 난 괜찮다. 오히려 내가 미안하지. 나 때문에 이렇게 갇히게 돼서 정말 미안하구나. 아기랑 아내랑은 다 건강하지?"

"네. 모두 아저씨를 진심으로 걱정하고 있어요."

스미스의 두 눈은 아내에 대한 그리움과 아직 태어나지도 않은 아이를 영원히 못 볼지도 모른다는 불안감으로 촉촉하게 젖어들었다.

"쉬이트~ 내가 저 문어머리 만나고 되는 일이 하나도 없어. 진즉에 없애 버렸어야 하는데. 저걸 그냥!"

"형님, 그게 다 무슨 소용입니까요. 이제 곧 죽게 되는데요."

"신이시여~ 제가 정말 지저스 곁으로 가야 한단 말입니까? 하이고."

와이키키 브라더스는 벌써 저승에 들어선 사람처럼 서럽게 울고 있었다.

스미스를 구하기 위해 정말 열심히 달려왔는데 이렇게 허무하게 갇혀 버리다니, 온몸에 힘이 쭈욱 빠져나가는 것 같았다. 빈손뿐 아니라 모두가 지쳐 있었다.

"노예제도의 부활을 꿈꾸는 사람들 뒤에 더티 해리가 있을 줄은 꿈에도 몰랐어요."

스칼렛 오하마의 말에 노빈손도 나섰다.

"정말 노예제도가 부활되면 어쩌죠? 또다시 많은 사람들이 고통받을 텐데…."

"아니, 그렇게 되지 말아야지. 그렇게 되어서는 안 되지. 나에게는 꿈이 있단다. 언젠가 피부색이 아닌, 사람 됨됨이와 인간성으로 평가받는 나라에서 나의 아이들과 행복하게 살고 싶은 꿈이 있어. 앞으로 태어날 아이한테 꼭 그런 세상을 물려주고 싶다."

많이 지치고 고문을 받아 성하지 않은 몸인데도 스미스의 꿈은 전혀 지치지 않고 있었다.

"하지만 이렇게 감옥에 갇혔으니…. 이젠 모두 끝이네요."

김씨 아저씨의 말과 함께 모두가 시름에 잠겨 있는데 허크가 뜬금없이 물었다.

"형, 전부터 궁금한 게 있었는데 말이야, 인디언 마을에서는 왜 매번 실패한 사람이 더 존경받는 걸까?"

191

나에게는
꿈이 있습니다
"나에게는 꿈이 있습니다(I have a dream)"는 노벨상 최연소 수상자인 마틴 루터 킹이 1963년 워싱턴 D.C.에서 했던 연설에 붙은 별칭이야. 마틴 루터 킹은 링컨 기념관 앞에 설치된 연단에서 흑인과 백인의 평등과 공존에 관해 연설했는데 이것은 링컨 대통령의 게티즈버그 연설과 함께 미국의 대표적인 명연설로 꼽혀. 결국 이 연설의 영향으로 공공장소에서의 인종 차별 및 고용이나 취업에서의 인종 차별을 금하는 '민권법'이 통과되었어.

"글쎄, 매번 실패한 사람이 더 잘생겨서 그런가?"

노빈손도 허크의 말에 잊고 있었던 궁금증이 되살아났다.

"쉬이트~ 무식한 것들. 매번 실패하는 사람이 돈이 더 많았던 게지. 맞지, 맞지?"

"그건 아닐 거 같은데요."

킴씨 아저씨가 노빈손 곁에 다가와 앉으며 말했다.

"저도 처음엔 매번 실패하는 사람이 백인이라서가 아닐까 생각했었는데 지금 보니까 그게 아닌 것 같아요. 한 번도 실패하지 않은 사람이 어디 있겠어요. 만약 있다면 그건 한 번도 도전하지 않은 사람이 아닐까요? 실패를 많이 했다는 건 많이 도전했다는 얘기일 겁니다. 그러니까 실패가 실패로 끝나지 않기 위해서는 도전을 계속해야겠죠, 주인님."

차근차근하고 차분한 목소리였다.

고개를 드니 감옥에 있는 사람들 모두 킴씨 아저씨의 얼굴을 뚫어져라 보고 있었다.

"아니 왜들 그러세요?"

킴씨 아저씨는 자신에게 쏠린 시선이 부담스럽기만 했다.

"그거 아세요? 처음으로 아저씨 생각을 얘기한 거."

"와, 아저씨 말에 감동받았어요. 그 말에 그렇게 깊은 뜻이 담겨 있다니. 형, 아저씨 멋있다, 그치?"

"쑥스럽게 왜들 이래요."

"아저씨 말이 맞아요. 실패한 게 창피한 게 아니라 도전하

자동차 왕, 포드
낮에는 발명왕 에디슨의 전기공장에서 엔지니어로 일하고 밤에는 집 창고에서 자동차 발명에 매달린 포드는 1896년 드디어 삼륜차를 만들게 돼. 11명의 주주를 모아 포드자동차 회사를 창립했고 자동차 대량생산의 기틀을 마련하지. 노조를 탄압하고 많은 노동자들을 기계로 대신하여 비난을 받기도 했지만 그는 벌어들인 거액을 포드재단에 기부했고 이 재단은 세계 3대 기부 재단 중 하나가 되었어.

지 않은 게 부끄러운 일이겠지? 정신 차려, 노빈손! 이 정도로 무너지면 천하의 노빈손이 아니지. 아자아자! 어디 보자, 뭔가 방법을 생각해 보자고요."

부처님처럼 자리를 잡고 앉아 방법을 고심하는 노빈손에게 허크가 말했다.

"형, 저기 봐. 천장에 붙은 창 쪽에서 불빛이 들어오고 있어."

허크의 말대로 벽과 천장이 맞붙은 곳에 자그마한 창이 나 있었다. 환풍구로 쓰이는 작은 창이었다.

"좋아, 한번 해보자고."

쓸 만한 도구가 없을까 하고 감옥 안을 살피는데 먼지를 뒤집어쓴 채 한쪽에 버려져 있는 상자들이 눈에 들어왔다.

"이게 다 웬 상자들이야?"

"전에 창고 자리였었나 봐."

혹시 탈출할 수 있는 바늘 구멍만한 희망이라도 건질 수 있을까 하여 빈손은 상자들을 뒤적였다.

다 찌그러진 통조림 깡통들, 신발, 옷, 부서진 선광기, 자전거 핸들, 케이블…. 고물상처럼 잡다한 물건들이 줄지어 나왔다.

"쓸 만한 물건은 하나도 없네. 가만 저건…. 오케이!"

스칼렛 오하마는 물건더미에서 고장 난 모스 부호기를 꺼내 들었다.

후우 하고 부니 먼지가 폴폴 올라왔다. 어지간히 오래된

미국의 자원봉사 문화
미국은 청교도 정신의 영향을 많이 받은 나라답게 박애정신 실천을 중요하게 여겨. 따라서 자원봉사 활동이 전통이자 문화로 자리 잡았어. 대학은 물론 직장에서도 자원봉사를 중요하게 평가하고 장려하고 있어. 미국에서 자원봉사는 은퇴한 사람들의 전유물이 아니라 젊고 바쁜 사람들도 적극적으로 참여해.

모양이었다.

"이건 모스 부호기잖아. 스미스 아저씨, 모스 부호 보낼 줄 아시죠?"

"음 그래, 해본 적이 있긴 한데…."

"그럼 지원병을 요청해 봐요."

스칼렛 오하마는 조심스럽게 먼지를 털어내고 스미스에게 건넸다. 스미스는 바쁘게 손을 놀려 모스 부호기를 손봤다. 벽에 숨어 있던 통신선을 찾아내 연결하니 제법 그럴듯해 보였다.

그런데 아뿔싸. 누름판이 떨어져 나가고 없었다.

"누름판이 없으면 아무 소용없잖아. 어쩌지?"

좌절감에 노빈손은 털썩 주저앉았다. 혹시 하고 기대했던 사람들도 한숨을 쉬었다.

"뭔가 대신할 만한 물건이 없을까?"

"그래, 숟가락이야!"

스칼렛 오하마가 소리를 질렀다.

"배고픈 건 알겠는데 참아 줘. 숟가락으로 땅을 파서 빠져 나가

자는 애긴 아니겠지?"

스칼렛 오하마는 빈손이 답답했다.

"멍청이, 허크가 가지고 있는 그 은 숟가락 말이야. 구부려서 누름판으로 쓰면 어때? 오케이?"

사람들은 스칼렛 오하마의 의견에 이마를 쳤다.

"그렇지. 은은 쇠보다 더 전기가 잘 통하지!"

"무슨 소리야. 그 숟가락이 어떤 숟가락인데, 안 돼! 절대 안 돼! 안 된다고!"

허크는 펄쩍 뛰었다. 아빠를 기억할 수 있는 단 하나의 유품, 그 유품을 못쓰게 된다니 상상할 수도 없는 일이었다.

"그깟 숟가락 갖고 되게 그러네. 너 그렇게 화내니까 허크가 아니라 헐크 같다. 내가 여기서 나가면 그 숟가락보다 큰 숟가락 사 줄게. 줘 봐."

누가 말숙이 닮은 오하마 아니랄까 봐 힘으로 헤드락을 걸어 숟가락을 뺏으려 했다.

"말숙아, 아니 스칼렛. 모든 걸 힘으로 해결하려고 하면 안 되지. 다른 사람이 볼 때 아무것도 아닌 물건도 본인한테는 의미 있는 귀중한 것일 수 있잖아. 다른 걸 찾아보자고."

노빈손은 눈에 들어오는 대로 뭔가 도움이 될 만한 물건들을 가방에 집어넣고 누름판을 대신할 만한 물건을 찾아 여기저기 뒤적거렸다. 한참을 땀이 송글송글 맺히도록 뒤적이는데 등뒤에서 고민하던 허크가 다가와 숟가락을 내밀었다.

"형, 여기…."

"허크, 그러지 않아도 돼. 분명 대신할 만한 다른 게 있을 거야."

"이걸로 해. 숟가락이 없어진다고 아빠에 대한 기억이 없어지는 건 아니니까. 모두가 여기서 나갈 수 있다면 아빠도 기뻐하실 거야. 도움이 됐으면 좋겠어."

"응! 그럴 거야. 누가 주는 숟가락인데. 허크, 고맙다."

노빈손은 환하게 웃어 보이며 숟가락을 건네받았다. 그러곤 힘껏 숟가락을 구부린 후 누름판에 잘 고정시켜 떨어지지 않도록 했다.

전화기 발명가는 대체 누구?
미국의 발명가 알렉산더 그레이엄 벨은 듣지 못하는 아이들에게 말하는 방법을 가르치는 연구를 하면서 동시에 전화기 발명에 몰두했고 드디어 1876년 최초의 전화기를 발명했어. 그러나 사실 최초의 전화기를 만든 사람은 그레이엄 벨이 아니라 이탈리아인 안토니오 메우치였어. 벨보다 16년 먼저 발명했으나 재정적 후원자를 못 찾아 상용화하지 못했거든.

“아저씨, 됐어요. 어서요.”

딸각 딸각ㅡ.

스미스는 숟가락을 눌러 모스 부호기를 시험 가동한 다음 모스 부호 전송을 시작했다.

딸깍 딸각 딸각 딸각.

노빈손은 모스 부호가 전선을 타고 하늘로 훨훨 날아가 자신들을 구해 줄 누군가에게 꼭 전해지기를 간절히 빌며 누름판을, 아니 숟가락을 열심히 눌렀다 뗐다 하는 스미스의 손가락을 지켜보았다.

“쉬이트~ 재네들은 탈출한다고 할 땐 언제고 오락하고 있냐?”

“오락이 아니거든요. 모스 부호거든요.”

다시 고개 드는 세력들

초저녁부터 각 주에서 하나둘 모여들기 시작한 하얀 복면단 단원들은 광장에 모여 공포탄까지 쏘며 자신들의 전국 모임을 자축하고 있었다.

“검둥이들을 몰아내자, 순결!”

“검둥이들을 없애 버리고 순결한 세상을 건설하자. 순결! 순결!”

우리나라 복날엔 삼계탕이 최고이듯 미국 추수감사절의 대표 음식은 당연 칠면조 요리라고 할 수 있어. 오븐에 구운 칠면조에 고구마, 사과 등을 곁들여 먹지. 디저트로는 호박 파이를 먹는다고 해. 미국 사람들은 이때 고향을 찾는데, 어느 나라든 명절 때 가족과 함께 맛있는 음식을 먹는 것이 가장 큰 휴식인가 봐.

"우리는 검은 것들을 용서할 수가 없다. 왜? 우리는 순결
하니까. 순결! 순결!"

작은 불꽃이 광장을 가로질러 광장 가운데 세워져 있는,
길이가 200미터는 족히 될 법한 십자가에 불을 밝혔다.

타닥타닥 소리를 내며 타들어가는 십자가는 광장을 대낮
처럼 훤히 밝혔다.

불꽃을 바라보며 사람들은 캠프파이어라도 온 것처럼 흥
분하여 함성을 드높였다.

"다음 이어지는 무대는 우리의 영원한 사랑, 포에버 하얀
복면단, 한 번도 정체를 드러내지 않으셨던 우리의 대장님이
이곳에 자리하셨습니다. 박수로 맞이해 주시죠."

와아아아아!

열화와 같은 성원 속에 더티 해리가 등장했다. 그간 복면
을 쓰고 있어 사람들은 그의 생김새를 알진 못했지만 그래도
열광하고 있었다.

"나의 순결한 동지들이여. 오늘도 순결한 하루 보냈는가?
오늘 많이들 참석해 자리를 빛내 주니 내 피가 더욱 더 순결
해지는 것 같다. 그동안 우리는 노예제도를 반대하는 사람들
때문에 세력이 많이 약해졌다. 하지만 이렇게 없어질 우리가
아니다. 우리는 노예제도를 부활시키고 하얀 복면단이 다스
리는 천국을 건설할 것이다. 내일 그것을 다짐하는 의미에서
몇몇 검둥이들을 의식과 함께 처단하겠다. 하얀 복면단이여,

영원하라! 순결!"

"와아 와아 와아!!"

"순결! 순결! 순결!"

사이비 교주처럼 궤변을 늘어놓는 하얀 복면단 대장의 말에 흰 복면을 뒤집어쓴 단원들은 환호성을 올렸고 함성소리에 맞춰 여기저기서 총성이 울렸다.

무한 도전, 하얀 복면단 본부 탈출기

"주인님, 지원병이 온다고 하더라도 그때는 이미 늦을 거예요. 일단 이 감옥부터 벗어나야 하지 않을까요?"

"맞아, 형. 모스 부호를 보내는 동안 우린 다른 탈출 방법을 찾아보자."

"뚫린 구멍이라고는 창 하나인데 우리가 뭐 스파이더맨도 아니고…. 벽에 붙어서 가지 않는 이상 저 창문을 어떻게 나가냐고."

"스파이더맨, 못할 거 없지."

스칼렛 오하마의 말에 노빈손은 구석에 쌓여 있던 상자들을 끌어 모았다. 킴씨 아저씨와 허크가 빈손을 도와 상자를 쌓아 올렸고 빈손이 조심스럽게 상자를 타고 올라갔다. 하지만 창의 손잡이에 손이 닿을락 말락 하는 순간, 굴러 떨어지

KKK의 횡포

하얀 복면단처럼 흑인들을 괴롭히는 백인 우월주의자들이 실제로 있었어. 바로 KKK단이야. 남부 각 주에서 해방된 흑인들, 심지어 노예 해방을 지지하는 백인들을 기습하여 구타하고 집을 불태우는 등 끔찍한 테러를 저지르는 KKK는 미국 사회의 골칫거리였어. 이런 폭력행위가 걷잡을 수 없게 되자 1869년 총 우두머리가 해산할 것을 명령하고 1870년 그들의 폭력을 단속하기 위해 연방법이 재정되면서 KKK는 형식적으로 해체되었어.

고 말았다.

"아이고 등이야. 내가 운동 신경이 좀 있기 망정이지. 하마 터면 잘생긴 얼굴로 떨어질 뻔했네."

노빈손은 흩어진 박스들을 모아 탑을 쌓고 올라갔다가 굴 러 떨어지기를 반복했다.

"뭐하고들 있어요! 어린 친구들이 모두를 구해 보겠다고 이 고생인데 다들 뒷짐만 지고 서 있을 겁니까? 이대로 당하 고만 있을 거냐구요."

킴씨 아저씨가 호통을 쳤다. 평생 한 번도 화를 내본 적 없 는 사람이, 누군가 시키는 대로만 살아 왔던 그가 호통을 치 자 주저앉아 있던 사람들이 하나둘 일어나 상자 쌓는 것을 거들었다. 하지만 상자들은 누군가 올라가기만 하면 이내 균 형을 잃고 번번이 무너졌다.

"이 어린 것들이 날 울리는구먼."

팔짱을 끼고 지켜보고만 있던 부치가 입을 열었다. 부치는 언제나 그렇듯 물고 있던 성냥개비를 질겅거렸다.

"그래 가지고 밖으로 나가겠어? 문어머리 넌 우리 귀염둥 이 재롱둥이 막내둥이의 원수지만 꽤 괜찮은 녀석인 것 같다. 나에게 사나이로 인정받는 건 Q마크나 KS마크를 획득하는 일보다 더 어려운 일이지. 애들아, 어린애들이 탈출하려고 이 렇게 열심인데 우리가 나서야 하지 않겠냐. 자, 은행털이 하 려고 연습했던 그거 있잖아, 그거 하자."

미국 최우수 대학,
하버드
미국에서 가장 오래된
하버드 대학은 1636년
에 설립되었는데 '하버
드'는 첫 번째 기부자인
존 하버드 목사의 이름
에서 따온 거야. 2006
년 미국 최우수대학으
로 꼽힌 하버드 대학은
지난 3세기 동안 훌륭
한 석학을 많이 배출했
어. 34명의 노벨상 수상
자, 30명의 퓰리처상 수
상자, 케네디 대통령 등
을 포함한 6명의 미국
대통령이 이 학교를 졸
업했어.

“형님, 그건 우리의 필살기인데. 이 녀석들을 다 탈출시키고 나면 우린 여길 어떻게 나갑니까? 형님.”

“맞습니다요, 형님. 우리가 괴롭힌 게 있는데 저 녀석들이 우릴 구해 주겠습니까?”

“이렇게 해서 죽으나 저렇게 해서 죽으나 죽기는 마찬가지! 문어머리, 넌 남을 배신하거나 배반할 그런 얼굴이 아냐. 빠져나가고 나면 반드시 우리도 구해 줘야 한다. 약속할 수 있겠냐?”

노빈손은 약속 대신 입을 굳게 다문 채로 고개를 힘껏 끄덕여 보였다.

부치의 호통에 월과 잭도 입을 다물었다. 맨 밑에 부치, 그 어깨 위에 잭, 그리고 그 어깨 위에 월, 와이키키 브라더스는 그렇게 인간 피라미드를 쌓아 올렸다.

“자, 우리가 인간 피라미드 노릇을 할 테니까 우리를 계단 삼아 올라가서 저 창으로 빠져 나가. 서둘러!”

갇혀 있던 사람들은 와이키키 브라더스의 종아리, 허벅지, 옆구리, 가슴, 어깨를 밟고 천창으로 한명 한명 빠져나갔다. 먼저 스미스와 허크, 노빈손이 나갔다. 마지막으로 스칼렛 오하마가 밟고 올라갈 때는 휘청하는 것 같았지만 브라더스는 잘 버텨 주고 있었다.

“자, 이제 우리를 올려 줄 차례다.”

사람들이 밟고 지나가서 만신창이가 된 부치가 노빈손을

올려다보았다.

"아무래도 우리 힘으로 안 될 것 같아요. 몸무게도 너무 나가고…. 잠깐 기다리세요."

빈손이 얼굴을 빠끔히 내밀다가 쏙 사라지자 와이키키 브라더스는 흥분해서 펄쩍펄쩍 뛰었다.

"저것 보십쇼, 형님! 우리만 남겨두고 도망가지 않습니까요, 형님!!"

"속았습니다요, 형님. 문어머리 녀석한테 매번 당하시고 이번에 또 당하다니 어쩜 그리 순진하십니까."

"으~ 두고 보자, 문어머리! 이 배신자, 해삼, 멍게, 말미잘, 강아지똥 같으니라고."

부치가 분노를 삭이지 못해 머리를 벽에 쿵쿵 박고 있는데 천장에서 밧줄이 내려왔다.

"이 밧줄을 타고 올라오세요. 어서요!"

와이키키 브라더스는 빈손 일행이 잡고 있는 밧줄을 타고 올라와 천창으로 빠져나왔다. 엉덩이가 큰 부치가 창문에 껴서 잠시 소란이 벌어졌지만 어쨌든 무사히 탈출했다.

"많이 기다렸죠? 밧줄을 구하느라고 좀 늦었어요."

"기다리긴. 네가 와 줄 걸 믿고 기다리고 있었지."

"어? 아까 배신자라고 하고선. 해삼, 말미잘, 강아지똥 어쩌구…. 읍!"

부치가 염탐꾼 윌의 입을 막았다.

"애들이 하는 말은 신경 쓰지 마."

무사히 감옥을 빠져나온 일행은 다시 불안해졌다.

"이제 어떻게 도망가지?"

"걱정 마셔. 내가 다 생각해 둔 게 있다니까."

일행은 우선 창고 뒤쪽 으슥한 곳으로 가서 숨었다. 노빈손은 감옥에서 가져 온 물건들을 쏟았다. 그리고 한쪽에 널려 있던 널빤지를 가져왔다. 뚝딱뚝딱. 노빈손은 자전거 핸들, 널빤지, 그리고 펑크 난 자동차 바퀴를 조합해 그 자리에서 레일 바이크를 만들었다. 그리고 바람의 도움을 받기 위해 가운데에 돛을 달았다.

"자, 이제 달려 보자고!"

뒤늦게 노빈손 일행의 탈옥을 발견한 더티 해리 일당이 먼지를 일으키며 추격을 시작했다. 노빈손 일행도 허벅지에 땀이 나도록 레일 바이크의 페달을 밟았다. 쫓는 자와 쫓기는 자, 누구도 양보할 수 없는 경기가 시작되었다.

나이아가라 폭포에서 번지점프를

두 사람이 운전하도록 되어 있는 레일 바이크의 페달을 노빈손과 부치는 콧김이 날리도록 밟았다. 횡단열차의 레일 위를 미끄러지듯이 달리는 레일 바이크에 순풍이 불어 주자 자기

레일 바이크는 철로 위를 달리는 자전거라고 생각하면 돼. 자전거처럼 페달을 밟아 그 추진력으로 달리는 거지. 유럽의 산악 관광지에서 주로 운행되는데 최근에 우리나라의 강원도 정선에서도 운행을 시작했어. 시원한 바람을 가르며 주변의 멋진 풍경도 구경하는 재미가 쏠쏠하다고. 한데 오르막길에 오를 때는 땀 좀 흘리게 될걸?

부상열차까지는 아니어도 웬만한 자동차 안 부러운 속도를 내고 있었다.

"쉬이트~ 이거 정말 속눈썹 파마가 될 정도로 빠른데."

그러나 곧 바람이 멈추고 속도는 현저하게 떨어졌다. 뒤에 있는 사람들은 조금이라도 보탬이 되기 위해 돛을 후후 불어 댔다.

"이러다 잡히겠어."

"비켜! 남자들이 이렇게 부실해서야."

스칼렛 오하마가 힘이 빠진 부치를 한방에 밀어내고 대신 페달을 밟기 시작하자 레일 바이크는 윙윙— 바람 가르는 소리를 내며 다시 속도를 냈다.

쿵—!

레일 바이크가 뒤집혔다. 노빈손 일행은 하는 수 없이 맨몸으로 달리기 시작했다. 넘어지면 일어서고 넘어지면 일어서고 달리고 또 달렸다.

그렇게 정신 없이 달리던 빈손 일행은 거대한 물줄기 앞에서 멈춰 섰다.

콰아아아 콰아아아—!

믿을 수가 없었다.

거대한 물보라를 일으키며 엄청난 양의 물줄기가 폭발하듯 떨어져 내리고 있었다.

물의 양은 실로 엄청나서 솟구치는 물안개가 속눈썹을 적

천둥소리 폭포
세계 3대 폭포 중 하나인 나이아가라 폭포는 캐나다령와 미국령에 속한 두 개의 폭포로 구분돼. 캐나다 쪽 폭포는 높이 48미터에 너비 900미터이고 미국 쪽 폭포는 높이 51미터에 너비가 320미터야. 폭포의 이름은 이곳 원주민인 이로쾨이 인디언이 부르던 '온귀아라'에서 유래했는데 '천둥소리의 물줄기'라는 뜻을 가지고 있어.

실 정도였고, 물 소리 이외에 세상의 그 어떤 소리도 허락하지 않고 있었다.

노빈손 일행은 자신들이 도망 중이라는 것도 잊고 나이아가라 폭포 앞에서 넋을 잃고 말았다. 거대한 폭포 앞에서 이들은 백인도 흑인도 아닌 그저 자연에 대해 숙명적인 경외심을 지닌 인간이었다.

"이제 막다른 길이야. 어쩌지?"

스칼렛 오하마가 깊은 한숨을 내쉬었다. 모두들 고개를 떨군 채 멍하니 물살만을 바라보았다.

"왜 단체로 뛰어내리기라도 하려고?"

돌아보자 맹렬한 추격을 거듭해 바짝 따라온 더티 해리 일당이 노빈손 일행을 에워쌌다.

"그래 주면 나야 고맙지. 너희들은 우릴 이렇게 고생시키면 안 돼! 왜? 우린 순결하니까. 너희들 운이 좋아서 지금까지 온 줄 알아. 노예제도 부활을 방해하는 놈들은 용서치 않겠다. 애들아, 사냥을 시작할 때다. 큭큭큭―."

노빈손 일행을 가운데 두고 빙빙 원을 그리며 돌던 하얀 복면 단원들은 소를 잡을 때처럼 휙휙 올가미를 휘두르며 폭포 쪽으로 거칠게 몰아붙였다.

마치 짐승을 사냥하러 온 것처럼 야비하고 거칠었다.

"쉬이트~ 무서운 녀석들. 우리도 서부의 악당이지만 쟤들은 더티해도 너무 더티하다."

하얀 복면 단원들이 서서히 거리를 좁혀 왔다.

"이제 진짜 시작이다. 물귀신이 되기 전에 뭐 할 말이라도 있나?"

더티 해리는 노빈손 일행을 폭포 밑으로 떨어뜨려 죽게 할 심산이었다.

"저기요, 제가 목욕을 일주일 동안 못 해서 폭포에 뛰어내리는 건 수질오염 그 자체인데 다른 걸로 대신 해주시면 안 될까요?"

"어림없는 소리. 잔머리 굴려 봐야 소용없다."

더티 해리는 불도저처럼 노빈손 일행을 마구 밀어붙이고 있었다.

일행은 발끝으로 겨우 버티고 있었고 바람만 살짝 불어도 폭포 물살 아래로 떨어질 것 같았다. 폭포의 굵은 물방울이 옷을 적시고 있었다.

"그렇게 잘난 척하시더니 왜들 잠잠하신가? 모두들 굿바이다. 애들아, 한방에 쓸어 버리자."

그때였다.

탕! 탕! 탕!

"내 친구들을 건드리려면 나부터 쓰러뜨려야 할걸."

클린트의 목소리였다. 꼭 살아 있으라던 클린트가 그곳에 와 있었다. 하늘에서 내려온 밧줄만큼이나 반가웠다.

"아저씨, 와 주셨군요."

"네가 보낸 모스 신호를 들었지. 봐라, 친구들을 잔뜩 데려왔다."

윙크를 하는 클린트의 뒤로 연방 소속의 보안관들이 짜잔 모습을 드러냈다. 그 중에는 노빈손과 결투했던 쉬인의 얼굴도 보였다.

"쉬이트~. 넌 귀염둥이 재롱둥이 막내둥이 쉬인 아니냐? 어떻게 된 거야? 살아 있었냐?"

"당연하지, 나 감옥에서 반성 많이 했어. 모범수로 뽑혀서 다음 달이면 가석방 돼. 클린트 보안관님이랑 친해져서 특별히 여기까지 원정 왔지."

부치는 너무 미안한 마음에 노빈손에게 멋적은 웃음을 날

기부의 나라, 미국
미국인들은 재산을 도서관, 학교, 병원 등 공익사업이나 자선기관에 기부하는 일이 아주 빈번해. 세계 최대의 도서관인 뉴욕 공공도서관도 당시 최고의 부자였던 애스터가 도서관 건립 기금을 기부함으로써 가능했던 거야. 재산뿐 아니라 가지고 있던 수집품, 소장품을 기증하기도 해. 미국은 정말 기부 문화가 잘 발달된 나라야.

렸다.

"아니, 그럼 빈손이 너 우리 쉬인을 죽인 게 아니었더냐? 진작 말을 하지 그랬어?"

"말만 하면 에에에~ 하고 총을 쏘는데 무슨 말을 해요?"

"그랬나. 어쨌든 미처 몰랐는데 저렇게 폼 잡고 있으니까 클린트 보안관님 진짜 멋있다."

부치는 눈에서 하트를 날리며 클린트의 가슴에서 빛나는 배지에 눈독을 들였다.

한편 보안관의 출현에 술렁이던 하얀 복면단 잔당들은 더티 해리의 지시에 따라 재빠르게 흩어졌다.

"분하다 분해. 작전상 후퇴다. 일단 몸을 숨기고 있다가 훗날 다시 한 번 세상을 뒤집어 보자."

"그렇게 도망가면 내가 섭섭하지. 최고의 보안관이 될 절호의 기횐데. 참 그리고 판사를 매수해서 노빈손과 그 친구들을 교수형에 처하려고 했다며? 이번에 감옥에 들어가면 500년 뒤에나 볼 수 있겠군."

클린트가 보안관들을 이끌고 흩어진 잔당들을 뒤따라가며 잡아들였다.

"이게 다 네 녀석 때문이야. 너만 아니었으면 우리는 멋지게 부활하는 건데. 너 때문에 순결한 세상은 물 건너갔잖아. 에라, 이렇게 된 이상 이판사판이다."

분을 삭이지 못해 부들부들 떨던 더티 해리는 도망가는 척하다가 일부 잔당들과 함께 노빈손을 향해 전속력으로 돌진했다.

"바퀴벌레보다 끈질긴 녀석들. 우리가 폭포에서 뛰어내리지 않는 한 포기하지 않을 것 같아."

이대로라면 불도저처럼 다가오는 더티 해리의 손에 모두가 죽게 될 판이었다.

"폭포에서 뛰어내린다고?"

노빈손은 스미스의 말을 곱씹었다. 주위를 둘러보니 다 쓴 나무 맥주통이 굴러다니는 게 보였다.

"그래, 이거야. 이 맥주통을 타고 나이아가라 폭포에서 뛰어내리는 거예요. 그럼 더티 해리도 어쩌지 못할 거예요."

"쉬이트~ 나 무서워. 맥주통이 산산이 부서지면 어쩌지?"

"그래도 더티 해리한테 당하는 것보다 낫죠."

모두가 서둘러 맥주통 안에 들어갔다.

"형, 어쩐지 좀 무서워."

"무섭긴. 우린 할 수 있어. 용기를 내자고. 호예~."

안에 들어간 사람들은 열심히 맥주통을 흔들어댔고 체중을 실어 맥주통을 쓰러뜨리면서 차례로 폭포 아래로 떨어졌다. 노빈손 역시 맥주통을 쓰러뜨리려고 애썼지만 마음대로 되지 않았다.

덜컹.

빈손이 무게중심을 실어 한껏 앞으로 힘을 주자 겨우 통이

미국의 50번째 주가 된 하와이

하와이는 1898년 미국의 50번째 주가 되었어. 본래 여왕이 다스리는 왕국이었지만 사탕수수 상인과 군대를 앞세운 미국인 혁명 세력에게 권력을 빼앗기고 말았어. 미국의 가장 남쪽이기도 한 하와이는 대한민국 이민 1세대들이 사탕수수나 파인애플을 재배하는 농장에서 일하면서 독립운동을 지원했던 곳이기도 해.

쓰러졌다. 저만치서 흥분한 모습의 더티 해리가 점점 가까이 다가오고 있었다.

"제발! 어서 좀 움직여 줘라."

잘 굴러 가던 맥주통은 돌에 고여 꼼짝도 안 했다. 노빈손의 등줄기에서 식은땀이 흘렀다.

덜컹덜컹―.

더티 해리가 맥주통을 잡으려는 순간 고여 있던 돌이 튕겨지면서 맥주통은 떼구르르 굴렀다. 노빈손은 재빨리 뚜껑을 닫았다.

"어무이, 빈손 살류~."

휘이이익―.

맥주통들은 포물선을 그리며 폭포 아래로 아래로 떨어져 내렸다.

더티 해리는 이들의 모습을 멍하게 바라볼 뿐이었다. 이를 갈고 있는 그에게 클린트의 목소리가 들려 왔다.

"연방 보안관 클린트의 이름으로 널 체포하겠다!"

'악마의 끈' 때문에 실직 했다우~

웰컴 투 U.S.A.
어때, 가슴이 두근두근 하지?

파란만장한 서부개척 시대를 달려온 소감이 어때? 미국이라는 거대한 코끼리가 만져지니? 더듬거리면서라도 자꾸 만지다 보면 머릿속에 미국이라는 그림이 선명해질 날이 오겠지. 자, 그럼 아메리칸 스타일 퀴즈로 미국에 대해 좀더 알아볼까?

긴가 민가 OX 퀴즈

1_ ☐ 아메리카 원주민 평원부족들은 적을 감동시켜 물리치는 것을 가장 큰 용맹이라고 여겼다.

2_ ☐ 말을 타고 우편물을 배달하던 회사들은 전신이 발명되어서 모두 파산했다.

3_ ☐ 서부에서 중국 사람들은 세탁의 귀재로 이름을 날렸다.

4_ ☐ 미국은 프랑스 나폴레옹 황제로부터 루이지애나 지역을 사들였다.

5_ ☐ 마틴 루터 킹은 최연소 노벨 평화상 수상자이다.

6_ ☐ 카우보이들의 주요 업무는 소몰이였다.

7_ ☐ 악마의 끈이라 불리는 '철조망'의 발명으로 많은 카우보이들이 실직했다.

8_ ☐ 백악관은 워싱턴 D.C.에서 가장 오래된 건물이다.

9_ ☐ 그랜드캐니언은 콜로라도 강의 급류가 만들어낸 대협곡이다.

10_ ☐ 미국 성조기의 별은 처음에 13개에 불과했다.

다음 중 이것은 무엇일까요?

1_ ☐ 프랑스는 미국의 독립 100주년을 기념해 이것을 선물했다.

① 커플링　② 핸드폰　③ 영화 티켓
④ 자유의 여신상　⑤ 마음의 선물

2_ ☐ 아메리카 원주민과 카우보이들은 이것을 지니고 있으면 재난이 물러간다고 믿었다.

① 가족사진　② 주민등록증　③ 가스총
④ 터키석　⑤ 100점 맞은 성적표

3_ ☐ 서부개척 시대에는 머리에 이가 들끓을 때 이것으로 머리를 감았다.

① 식용유　② 참기름　③ 석유
④ 샴푸　⑤ 고양이 손　⑥ 마요네즈

4_ □ 콜럼버스는 아메리카 대륙을 죽을 때까지 여기라고 믿었다.

① 하와이　② 오스트리아　③ 인도　④ 쿠바

5_ □ 금광이 발견된 지역으로 사람이 몰려드는 현상을 이것이라고 한다.

① 교통체증　② 러시아워　③ 파워타임
④ 실버러시　⑤ 골드러시

6_ □ '적에게 일격 가하기'는 전사가 무장하지 않고 장대를 들고 적에게 돌진, 이것을 하고 돌아오는 것을 말한다.

① 적의 몸을 한 번 건드리고 돌아온다.
② 장대로 높이뛰기를 하고 돌아온다.
③ 그 집에서 가장 귀한 것을 가져온다.
④ 적의 당황하는 얼굴을 디카로 찍어 온다.
⑤ 한 끼 거하게 얻어먹고 돌아온다.

보너스 주관식 퀴즈

1. '자유의 여신상'이 날이 갈수록 푸른색으로 변하고 있는 이유는 무엇일까?

2. 아메리카 원주민들이 고향 땅을 되찾고, 죽은 가족과 친구들 부활시킬 수 있다는 희망을 갖고 탈진해서 쓰러질 때까지 추는 춤은 무엇일까?

3. 1840년에서 1861년까지 노예 상태를 거부한 수천 명의 흑인들에게 자유의 길을 열어 준, 노예제 반대 운동의 비밀 조직. 대부분 사람들이 익명으로 활동한 이 조직의 이름은 무엇일까?

긴가 민가 OX 퀴즈
전부 O

이것은 무엇일까요?
1. ④ 자유의 여신상   2. ④ 터키석   3. ③ 석유
4. ③ 인도   5. ⑤ 골드러시   6. ① 적의 몸을 한 번 건드리고 돌아온다.

주관식 퀴즈
1. 자유의 여신상은 두꺼운 동판을 늘여 만든 작품. 동판은 주석과 구리로 이루어져 있는
   데 산소와 주석이 만나면 암록색(푸른색)으로 변하기 마련이다.
2. 고스트댄스
3. 지하철도

┃ 잠 깐 상 식 ┃

모스 부호

짧은 발신 전류(·)와 긴 발신 전류(−)를 적절히 조합하면
모스 부호를 보낼 수 있어. 빗금은 길게, 점은 짧게 누른다
는 표시야. 노빈손 이름을 한번 만들어 봐.

문자	부호	문자	부호	문자	부호
A	●－	J	●－－－	S	●●●
B	－●●●	K	－●－	T	－
C	－●－●	L	●－●●	U	●●－
D	－●●	M	－－	V	●●●－
E	●	N	－●	W	●－－
F	●●－●	O	－－－	X	－●●－
G	－－●	P	●－－●	Y	－●－－
H	●●●●	Q	－－●－	Z	－－●●
I	●●	R	●－●		

에필로그

세상에서 가장 사랑스러운 아기

으아아아앙—.

산부인과 앞에서 초조하게 기다리던 스미스는 아기 울음 소리가 들려오자 얼굴이 환해졌다.

그리고 모두의 축하를 받으며 부인과 아이를 만나기 위해 병실 안으로 들어갔다.

그 모습을 흐뭇하게 바라보던 허크가 여전히 웃으며 말했다.

"스미스 아저씨의 연설 정말 대단했지? 가슴을 파고드는 그 외침, 결코 잊지 못할 거야. 형, 나 이제 집으로 돌아갈까 봐. 죽을 고비를 넘기면서 가족이랑 친구들 생각 많이 했어. 그리고 누군가를 차별하는 게 얼마나 나쁘고 위험한 것인지도 알게 됐고. 이 사건들을 다른 사람들한테도 많이 알려서 이런 말도 안 되는 차별이 다시는 일어나지 않도록 하고 싶어."

"어이고~ 그렇게 기특한 생각을 다 했어? 장하다, 장해."

"그러니까 형도 집으로 들어가."

"난 가출이 아니라 여행이라고 몇 번이나 얘기했냐."

흥분하는 노빈손에게 클린트가 악수를 청해 왔다.

"덕분에 보안관 일이 얼마나 내 적성에 맞는지 알게 됐다. 주지사님한테 상도 받았다고. 얼마나 유명해졌는지 매니저를 둬야 할 판이라니까. 히힛. 이제 내 밑으로 신입도 뽑아야

서부영화를 보면 주인공 혼자서 가족이나 마을의 문제를 해결하는 것을 많이 보게 돼. 아무리 총알을 맞아도 죽지 않고 말이야. 시대와 장소만 바뀌었을 뿐이지 《다이하드》 시리즈 같은 할리우드 영화에서도 주인공이 혼자 문제를 해결하는 얘기는 여전해. 개인이 자신의 자유와 안전을 위해 역경을 이겨내는 게 미국인의 기질이니 이런 영화가 흥행하는 것도 당연하다고 할 수밖에.

할 텐데."

"지저스~ 하늘에서 내려 주신 신입사원들이 여기 있습니다. 요즘 같은 시대엔 공무원이 최고죠. 과거는 잊고 우리를 부 보안관으로 받아 주시면 안 될까요? 클린트 보안관님, 너무 멋져요."

와이키키 브라더스는 보안관이라는 직업에 단단히 매료된 것 같았다.

"뭐, 하는 거 봐서. 아, 목말라."

"네, 얼른 대령합죠."

와이키키 브라더스는 서로 자기가 먼저 떠오겠다며 냉수를 찾아 나갔다.

"이제 아저씨는 어디로 가실 거예요?"

"아프리카에서 이곳까지 끌려와 노예 생활을 하면서 정말 힘든 일을 많이 겪었다고 생각했어. 그 지긋지긋한 고생들이 평생 계속될 거라고 생각하니 내일이 늘 오늘처럼 괴로웠지. 그러면서 자유가 있는 곳을 늘 꿈꿨었는데 말이야, 그런데 어디냐도 중요하지만 누구하고 함께하느냐도 중요하다는 걸 알았지. 너희들과 함께라면 이 땅이 내가 그렇게 바라던 자유의 땅 아니겠니. 나 이 땅에서 새롭게 다시 일어나 보려고. 차별 없는 세상을 위해 나도 한몫 할 거야."

김씨 아저씨의 들뜬 표정에 노빈손도 기분이 좋아졌다.

"형, 그런데 아기 말이야. 흑인일까, 백인일까?"

경쟁심 최고
미국은 자본주의가 가장 발달한 나라라고 할 수 있어. 그만큼 학교에서든 직장에서든 치열하게 경쟁해야 하는 나라이기도 해. 살벌하다고? 하지만 적당한 경쟁은 발전에 도움이 되는데 다행히도 미국의 경쟁은 기회의 균등을 기본으로 하고 있어.

허크의 말에 빈손이 웃으며 대답했다.

"그게 중요하지 않다는 거 아직도 모르겠어? 중요한 건 틀림없이 세상에서 가장 사랑스러운 아기일 거란 사실이야."

스칼렛 오하마가 노빈손의 어깨에 손을 얹었다.

"노빈손, 너 제법 괜찮은 애더라. 훗! 네가 그렇게 원하면 한 번 정도는 데이트해 줄 의향도 있어."

스칼렛 오하마는 못 이기는 척 노빈손에게 데이트를 신청했다.

"고맙지만 사양하겠어. 난 여자친구가 있는 몸이라고. 지금쯤 세계여행이 끝나길 눈 빠지게 기다리고 있을 거야."

"칫! 괜찮은 사람은 항상 여자친구가 있더라. 아쉽지만 할 수 없지. 다음 여행은 어디로 갈 거니?"

스칼렛 오하마는 살짝 아쉬운 듯 물었다.

"글쎄, 아직 안 정했는데 이것만은 확실해. 어디를 가도 노빈손의 여행은 두근두근 가슴 뛰게 될 거라는 거! 다음 여행도 기대해 줘. 호예~!"

미국 역사 한눈에 꿰뚫어보기

미국의 역사는 정복의 역사라고 해도 과언이 아니야. 그래서인지 짧은 역사에도 불구하고 유난히도 격정적인 일들이 많이 일어났었어. 척박한 땅에 도착한 가난한 이주민에서 세계를 호령하는 최강대국이 되기까지 그들의 역사 속에 어떤 일이 있었는지 연표를 통해 알아보자고.

월컴 투 U.S.A.
어때, 가슴이 두근두근 하지?

시기	연대	미국
식민지 시대	**1만 년~3만 년 전**	몽골 인종이 베링해협을 건너 아메리카 대륙 남쪽으로 이동
	1492년	콜럼버스 북아메리카에 상륙
	1587년	영국, 버지니아의 로어노크에 식민지 건설
	1607년	동남부 평야 버지니아에 최초의 영국인 정착촌인 제임스타운 건설
	1620년	메이플라워 호 도착
	1621년	필그림, 플리머스에서 최초의 추수감사절을 기념
	1681년	윌리엄펜, 펜실베이니아에 식민지 건설
독립 전쟁기	**1754~1763년**	프렌치인디언 전쟁
	1765년	인지법 통과
	1768년	조지3세 매사추세츠 주 보스턴에 군대를 보냄
	1770년	보스턴 학살
	1773년	보스턴 차 사건
	1774년	제1차 대륙회의
	1775년	제2차 대륙회의 소집, 독립전쟁의 첫 신호탄인 렉싱턴과 콩코드 전투
	1776년	독립선언서 채택
	1778년	프랑스, 미국 편에 서서 전쟁 개입
	1781년	연합헌장 채택
	1783년	파리조약 체결로 독립 달성
서부개척 시대	**1786년**	세이스의 반란
	1787년	필라델피아에서 헌법 제정 및 의회 개최
	1788년	헌법에 모든 주가 동의함
	1789년	초대 대통령 조지 워싱턴 취임
	1803년	프랑스로부터 루이지애나 지역 매입
	1812년	미영전쟁 발발
	1820년	미주리 타협
	1821년	멕시코, 스페인으로부터 독립
	1823년	먼로주의 발표
	1825년	이리 운하 완공
	1828년	미국 7대 대통령 앤드루 잭슨 선출
	1830년	원주민 이주법 통과
	1833년	뉴딜정책 발표
		전미노예제 폐지 협회 창설
	1836년	텍사스, 멕시코로부터 독립
	1838년	체로키 족 강제 이주
	1845년	미국, 텍사스 획득
	1846년	멕시코 전쟁 발발
	1848년	여성 권리장전 채택
	1852년	『톰 아저씨의 오두막』 저술
	1857년	드레드 스콧 판결

시기	연대	미국
남북 전쟁	1860년	에이브러햄 링컨 대통령 당선
	1861년	남부 군대가 섬터 요새를 공격, 남북전쟁 발발
	1863년	링컨 노예해방령 선포, 게티즈버그 전투
	1865년	북군의 승리로 남북전쟁 종료
		링컨 대통령 암살
	1865년	노예제 공식적으로 폐지
재건 시대	1867년	러시아로부터 알래스카 매입
	1868년	존슨 대통령 탄핵
		노예들에게 시민권 부여
	1869년	대륙횡단 철도 건설 완료
	1870년	남부 연합의 모든 주가 합중국 연방으로 편입
		흑인 남성에게 투표권 부여
	1876년	그레이엄 벨 전화기 발명
	1879년	토머스 에디슨 전구 발명
	1886년	미국노동총연맹 창설
	1898년	미국–스페인 전쟁 발발
	1901년	시어도어 루스벨트 대통령 취임
	1914년	파나마 운하 개통
제1·2차 세계대전	1914년	제1차 세계대전 발발
	1917년	미국 참전
	1918년	제1차 세계대전 종결
	1920년	여성에게 투표권 부여
	1929년	증권시장 붕괴
	1920년~1940년	세계경제공황으로 경제 침체
	1932년	프랭클린 루스벨트 대통령 당선
	1939년	제2차 세계대전 발발
	1941년	일본군의 진주만 기습
	1945년	일본에 원자탄 투하
	1945년	제2차 세계대전 종결
냉전 시대	1945년	국제연합 창설
	1950년	한국전쟁(6.25) 발발
	1953년	한국, 북한과 휴전
	1961년	베트남 전쟁 개입
	1968년	마틴 루터 킹 목사 암살
	1969년	아폴로11호 달착륙 성공
	1975년	베트남에서 완전 철수
	1989년	러시아 붕괴로 냉전시대 종료
현재	1988년	조지 부시 대통령 당선
	1991년	이라크 전쟁 개입
	1992년	윌리엄 클린턴 대통령 당선
	2001년	조지 W. 부시 대통령 당선
		알 카에다 테러단체 세계 무역센터 건물 폭파

www.nobinson.com으로 놀러오세요.
좋은 일이 생길 거예요~!